LE VOLEUR D'AMOUR

DU MÊME AUTEUR

TYRANNIE, *roman*, Grasset, 2018.
ÉLOGE DE L'IRRÉVÉRENCE, *avec Georges Kiejman,* Grasset, 2019.

RICHARD MALKA

LE VOLEUR D'AMOUR

roman

BERNARD GRASSET
PARIS

Bande : Franz Von Stuck, *Lucifer* © AKG-images

ISBN 978-2-246-82581-4

À celle qui, par chance,
a volé le mien.

PREMIER VOLUME

1.

La mémoire ne peut remonter qu'au temps où le langage a été acquis. Avant, c'est impossible. Sans mots, nul souvenir. Pourtant, je me rappelle au-delà de ma naissance. Une sensation, une certitude prénatale : mes parents ne m'aimaient pas. Ce n'était pas de leur faute mais de celle de la scarlatine qui prit leurs deux premiers-nés peu après que je fus conçu. En 1769, cette affection était mortelle et Venise en connut une forme agressive. Lavinia et Cesare von Gott choisirent la souffrance plutôt que l'espoir. Ma fratrie enterrée avait épuisé leur instinct de parents avant même que je naisse. La mort m'avait privé de leur amour. La nature m'a vengé de la mort et de l'amour. J'ai vaincu l'une et me suis nourri de l'autre. Cependant, depuis ton retour, Anna, je suis le plus maudit des hommes, la plus malheureuse des créatures ayant jamais vécu. Ne crois pas que j'exagère.

Cette nuit, je concevrai le plan de mon propre assassinat car s'il est une existence que je ne veux abréger, après avoir pris tant de vies, c'est la tienne, et pour t'épargner, je n'ai d'autre choix que de disparaître. C'est toi ou moi. Or, j'exige que tu vives.

Adrian von Gott,
New York, 25 novembre 20--,

2.

New York, 29 novembre 20--,

Voilà quatre nuits consacrées aux préparatifs de mon suicide plutôt qu'à espionner ton sommeil. Les choses avancent bien. Le plus délicat fut de trouver des ouvriers qui ne poseraient pas de questions et n'alerteraient pas la police de mes demandes singulières. Mais New York offre ce genre de services dès lors que l'on dispose de la fortune requise.

J'ai entrepris la construction de cette demeure en 1935, lorsque Harlem était encore un des quartiers huppés de cette ville. J'en ai conçu les plans comme une réplique miniature de château français. J'ai choisi un terrain situé au-dessus d'anciennes grottes. C'est là que les ouvriers officient. Dans l'abîme où je vais disparaître.

Je te regarde dormir, Anna. J'ai renoncé au sommeil il y a longtemps et si tu t'en apercevais, il faudrait dérouler le fil des explications jusqu'à l'inexplicable. Alors chaque soir je te drogue. Il me suffit d'augmenter les doses des remèdes qui te sont prescrits pour éviter à ton humeur de bondir de l'euphorie à la dépression et inversement. Ne t'inquiète plus de tes soudaines faiblesses, elles n'étaient pas dues à ton trouble mais à ma ruse.

Peut-être penseras-tu que ma confession est l'œuvre d'un fou mais nul dément ne pourrait imaginer un tel récit. Je te dois ces aveux car, il y a plus de deux siècles, je t'ai tuée. Je te les dois car tu es l'unique amour d'une vie trop longue et tu devras survivre à ma disparition. Je te les dois car tu es associée à mon extraordinaire destinée et tu ne peux être revenue à seule fin de me torturer.

Écrire à côté de toi, assoupie sur ton lit, sera mon dernier bonheur. J'aime ton déshabillé, les seins menus qu'il laisse apparaître et tes hanches que je ne prendrai jamais. Je connais les ondulations de ton corps de danseuse et celles de tes cheveux blonds. Parfois tes mouvements te portent vers moi et je te confie ma main en maudissant le monde de mon infortune. Les premiers jours, tu as jugé ma chasteté attendrissante. Puis elle t'a rongée. Tu dois me croire affilié à l'une de ces Églises qui réglementent le plaisir ou m'imaginer une déficience. Anna, à tes côtés, mon désir manque à chaque instant de me transformer en bête sauvage déchirant tes vêtements, ravageant tes cuisses. C'est une obsession. J'y pense quand je perçois ton parfum d'une pièce à l'autre de cette bâtisse ou lorsque tes talons résonnent. J'y pense en t'observant dîner ou lire. Je donnerais ma vie pour discerner dans la pâleur de tes yeux l'excitation du plaisir. Ma frustration me crucifie. Mon amour te tuerait.

Lorsque je t'ai retrouvée, il y a un mois, j'ai cru à la fin de ma damnation. Peut-être le temps de guérir, de rire et d'embrasser était-il venu. Tels n'étaient point les plans que le sort me réservait. Pour une raison inconnue, je serai la seule âme que le ciel aura vouée au temps de la guerre et des lamentations de la naissance à la mort. Je suis confronté au pire des supplices : je t'attends depuis des siècles et, te retrouvant enfin, je dois te repousser.

Ce n'est pas un manque d'amour mais l'inverse. Je ne parviens plus à contrôler le monstre.

Puisses-tu éprouver un peu de compassion et garder un souvenir aimant de celui que j'étais avant que mon âme ne soit corrompue.

3.

Mes parents étaient d'honorables commerçants. Le trisaïeul de mon père avait quitté Salzbourg au XVIIe siècle, fuyant des intrigues de cour qui auraient pu le conduire au bout d'une corde. Il se réfugia à Venise avec un peu de biens et épousa la descendante d'une lignée jadis fameuse mais que différents vices avaient dépouillée. Au fil des générations, mes ancêtres retrouvèrent une position enviable. La soie et les épices contribuèrent à leur fortune qui, sans être arrogante, leur permettait une existence confortable dans une vaste maison nichée près du Campo San Paolo.

Lavinia Frailloli avait seize ans lorsqu'elle prit le nom de mon père, Cesare von Gott, plus âgé de quatre années, ce qui était déjà vieux pour se marier. Ils ne se connaissaient pas mais leurs familles estimèrent qu'il n'y aurait pas meilleure union pour leurs intérêts. Le père de Lavinia était membre de la Quarantie criminelle, l'organe judiciaire suprême de la République de Venise. Celui de Cesare avait développé l'entreprise familiale, fournissant en étoffes les plus nobles aristocrates, jusqu'au doge lui-même ; sa renommée atteignait Gênes, Trieste et Florence. À cette époque, le mariage n'était pas affaire d'amour mais d'ambition et les décisions parentales ne souffraient aucune discussion. D'ailleurs, qui aurait pu contester la pertinence d'une alliance entre richesse et pouvoir ? Lorsqu'ils furent présentés, l'union était déjà programmée. Les appréhensions disparurent dans l'instant. Cesare était un séduisant jeune homme blond, rougissant de timidité, alors que Lavinia se distinguait depuis l'enfance par l'harmonie de ses traits. La délicatesse de leur nature les rapprocha mais leurs tourments furent le ciment de leur complicité. Cesare ne put longtemps cacher ses inclinations charnelles. Une calamité qui l'aurait banni de la bonne société si elle avait été connue. Au moins ne risquait-il plus le bûcher ou la décapitation comme aux siècles précédents. Alors il se reniait, se frustrait, s'obligeait. Rien n'aurait pu davantage émouvoir Lavinia. Celle-ci tentait de conjurer la mélancolie de son âme par le don de soi, ce qu'elle fit pour son compagnon. Elle était fille unique. Sa mère ne parvint plus à enfanter après elle, multipliant les fausses couches et bientôt, le juge fut veuf alors que sa fille était à peine âgée de huit ans. Il se remaria avec une femme qui, sans être méchante, n'éprouvait pas d'intérêt pour la petite fille, livrée à des gouvernantes et précepteurs. Les larmes de Lavinia cessèrent de couler une année après la disparition de sa mère. Elle ne pleura plus qu'en dedans.

Son fiancé la chérissait d'une tendresse platonique mais l'un et l'autre s'en arrangèrent, convaincus que l'amour reposait sur la profondeur de sentiments élevés plutôt que sur l'éphémère désir des corps.

Ils se marièrent six mois plus tard et le couple connut quatre années de félicité.

Cesare entreprit de diversifier le commerce de son père par le négoce du parfum. Le marché des odeurs était en pleine expansion tant l'hygiène était balbutiante. Plutôt que de se laver dans une eau impure, on se parfumait. Cesare ayant de l'intuition et travaillant sans relâche, le succès ne tarda pas. Il pensait que pour vaincre ses pulsions, il convenait de s'épuiser au labeur. Sa culpabilité était grande de ne point honorer suffisamment sa jeune épouse mais au moins leur couple n'était pas infecté par le mensonge. Elle avait su dès leur première rencontre. Il ne pouvait dire comment mais elle avait deviné. Lui n'aurait jamais eu le courage d'en parler alors elle prit les devants. À cette époque, Lavinia ne cherchait pas à plaire et ne pensait pas que pour préserver autrui ou soi-même, il fallait mentir ou ne pas dire. Sa générosité consistait à aider chacun à trouver sa vérité, quoi qu'il en coûte. La vie n'avait d'intérêt qu'ainsi, se disait-elle.

Il avait rougi plus qu'à l'accoutumée et n'avait pas nié. Il aimait profondément cette femme et il y eut peu de maris aussi prévenants et soucieux du bonheur de leur épouse. Ses seules trahisons furent silencieuses ; lorsque la nuit, les yeux fermés, il convoquait des images où ce n'était pas Lavinia qui était pénétrée. Cela aussi elle le savait et n'en prenait pas ombrage. Sa compassion, sa tendresse, sa considération pour son mari l'auraient conduite, sans hésitation, à lui fournir un beau sexe d'homme pour qu'il puisse le sentir en lui. Juste une fois. Cesare était si bon. Il méritait ce plaisir et il n'était pas juste qu'il ne le connaisse de toute son existence. Mais elle savait aussi qu'il n'y avait pas d'expérience unique en ce domaine. Le fantasme n'était soit jamais réalisé, soit maintes fois réitéré. La nature humaine est ainsi faite que l'entre-deux n'existe pas. Le danger d'être découvert augmenterait inexorablement et Cesare était trop honnête pour cultiver l'hypocrisie. Tant d'hommes, pour se protéger de la rumeur, dénonçaient avec violence ce qu'ils pratiquaient en douceur. Alors, elle ne l'encouragea ni ne le dissuada. Parfois, elle le caressait longuement, attendant qu'il soit assez dur pour introduire la vie dans son ventre. Elle le chevauchait et le faisait entrer. Elle aussi fermait les yeux mais pour mieux penser à son mari.

Adriana, ma grande sœur, est née deux ans plus tard. Elle avait les cheveux blonds de son père et la finesse de sa mère. Nourrie à l'amour inconditionnel de ses parents, elle développa une nature joyeuse et précoce. Tant Cesare que Lavinia crurent que la vie était un conte de fées. Cesare s'enchantait que sa fille soit drôle. Lorsque, bébé, elle gigotait et fronçait les sourcils, elle faisait déjà rire son père. Il souriait dès qu'il l'apercevait. Quand elle se mit à marcher à quatre puis à deux pattes, il déclara que sa fille était un génie. Puis, lorsque le langage commença à être acquis, chaque expression du petit être l'émerveilla. Cesare n'eut jamais d'autorité sur elle. Il travailla moins et ce fut la période la plus heureuse de sa vie. Voir son mari jouer des heures avec leur fille émouvait Lavinia, mais, peu sensible aux stratagèmes de séduction de l'enfant, elle ne lui laissait rien passer, tout en la rassurant sur son amour. Adriana devrait être bien élevée et libre. Pour cela, il fallait l'éduquer. Ne pas laisser s'épanouir le tyran qui sommeille en chaque enfant et l'empêche de mûrir.

Ces événements ayant eu lieu bien avant ma naissance, tu te demandes sûrement, Anna, comment je peux en avoir une telle connaissance et tu dois te dire qu'au-delà même de la longévité que je m'attribue, ces lignes sont la preuve de ma folie. Il n'en est rien. Encore un peu de patience et tu comprendras.

Adriana eut un petit frère, Federico, moins d'un an plus tard. Sans en avoir conscience, Lavinia voulait conjurer le destin de sa mère et décida que sa famille serait nombreuse. Elle serait là pour ses enfants et ne laisserait ni belle-mère ni précepteur s'en approcher. Mais elle n'avait pas encore vingt ans et sans s'en apercevoir, son nouveau statut de parent, loin de la libérer, la renvoyait à son enfance douloureuse. Une petite musique presque inaudible s'installa dans son esprit. Elle avait été privée d'une mère puis d'un père et maintenant d'un mari la désirant, dont elle excusait de surcroît les carences. Lavinia n'en voulait à personne mais, malgré l'aisance et la douceur de son foyer, elle trouva son sort injuste. Federico étant bien plus agité que sa sœur, les nuits furent difficiles et le manque de sommeil alimenta sa dépression. Inquiet de voir son épouse s'assombrir, Cesare insista pour prendre une nourrice à demeure mais elle refusa avec tant de véhémence qu'il renonça.

Lavinia n'était plus une enfant et le germe de la révolte libéra ses désirs. Elle se découvrit de l'imagination. Chaque jour, ses fantasmes se raffinaient. La frustration s'ajouta à la désolation. Elle aurait été prise, une fois, une seule fois, son angoisse serait passée mais ce ne fut pas le cas. Peut-être même aurait-il suffi qu'elle ressente une excitation dans le regard de son mari. Cesare aurait offert sa fortune pour en éprouver mais malgré ses efforts, il n'y parvenait pas et, en réalité, les courbes de sa femme, son odeur et ses seins qui avaient grossi l'indisposaient chaque jour davantage. Lavinia était son âme sœur et il aurait sacrifié sa vie pour elle mais son enveloppe charnelle le repoussait.

Le romantisme des premières années passé, le cours des existences de mes parents bifurqua sans se séparer. Leur cheminement intérieur se cristallisa presque simultanément. Lavinia sut qu'elle ne pourrait vivre sans amant et Cesare comprit qu'il ne toucherait plus son épouse. L'amour peut se décider, jamais le désir.

Étrangement, ces arrangements rétablirent un équilibre. Lavinia retrouva sa vigueur et Cesare se félicita de sa décision de faire chambre à part, ce qui avait permis à son épouse de dormir et de guérir.

Durant les deux années suivantes, ils ne partagèrent pas une seule nuit. Cesare accepta que sa femme ait un premier amant puis un second. Mieux, cela le soulagea, non pour lui-même, qui vivait heureux depuis qu'il n'avait plus à souffrir l'intimité de son épouse, mais pour cette dernière. Il lui était insupportable que, par sa faute, Lavinia dépérisse d'être privée du plaisir des corps. Ainsi étaient-ils parvenus à concilier leurs aspirations ambivalentes.

Pour la bonne société vénitienne, le couple était un modèle. Lorsqu'au cours d'une discussion, il fallait défendre la possibilité de l'amour conjugal, c'est leur nom qui venait, comme une évidence.

Il y a deux chemins de vie, Anna. Certains commencent par se regarder au travers des autres pour finir par trouver leur vérité. À l'inverse, certains se regardent avec lucidité puis, n'aimant pas ce qu'ils voient, privilégient leur reflet. Cesare et Lavinia von Gott avaient emprunté cette seconde voie. Ils participèrent à la vie mondaine de la Sérénissime, à ses fêtes et à ses dîners dont les lumières se reflétaient sur la lagune, se nourrissant de la belle et fausse image qu'ils renvoyaient. Mais il faut croire que les lois de l'univers ne tolèrent pas l'éloignement durable de ce que l'on est. On finit par croiser un événement, souvent tragique, pour vous y ramener, comme si cela ne plaisait pas à un mystérieux scénariste que ses acteurs s'éloignent de leur texte. Bien plus tard, engagé sur le chemin de ma perte, j'ai appris l'identité de ce grand marionnettiste auquel il est vain de vouloir échapper.

Mes parents connurent deux années de cette vie légère au cours desquelles ils chérirent leurs enfants. L'amour avait disparu, même platonique, mais la tendresse subsistait comme au premier jour.

Un an avant ma naissance, le bel homme qu'était mon père profita du carnaval pour se découvrir, dans une ruelle sombre de Venise. Les pulsions qu'il retenait depuis si longtemps le poussèrent au déchaînement, la peur qu'il éprouvait accentua son excitation et le masque porté, sa jouissance. Être pris fut le moment le plus voluptueux de son existence. Il n'imaginait pas un instant que le don de soi puisse procurer un tel plaisir et son regard sur le monde ne fut plus le même. Peu après, il eut conscience d'avoir rompu le fragile équilibre de son couple et en fut effrayé, comme de ses rêves devenus fous. Il observa ce qu'était devenu son mariage et vit le mensonge et le délitement. Alors il posa les yeux sur ses trésors. Adriana, qui avait presque cinq ans, et Federico, garnement au cœur tendre nourrissant une passion pour les chats qu'il recueillait. Cesare eut le pressentiment qu'il devait agir, vite, pour que sa famille ne sombre pas. Il le devait à son épouse et plus encore à ses enfants. Le soir même, il exposa son projet à Lavinia avec une intensité qu'elle ne lui connaissait plus. Ils partiraient pour un long voyage. Milan, Genève puis Paris. Il confierait ses affaires à son intendant sous le contrôle de son père qui en serait ravi. Il engagerait le meilleur cocher, un équipage de confiance et ils se déplaceraient dans le confort pour découvrir les merveilles du monde. Cette aventure les réunirait car il le fallait, il le voulait, dit-il un ton trop fort, ce qui le fit rougir. Lavinia retrouva, dans cet élan, le jeune homme qu'elle avait aimé et l'espoir d'une harmonie nouvelle. Elle s'enthousiasma.

C'est à Paris que je fus conçu. Sous le règne de Louis XV. Peut-être mes parents ont-ils croisé Voltaire dans un des salons qu'ils fréquentaient, mais cela je ne le sais pas. Le génie humain avait quitté l'Italie de la Renaissance pour rejoindre Paris, la capitale du siècle des Lumières, raison pour laquelle mon père choisit d'y consacrer l'essentiel de notre villégiature. En quelques décennies, une poignée d'hommes – moins de dix en vérité – ont inventé le monde tel qu'il n'a cessé d'être. Ces hommes ont transformé notre espèce. Ils l'ont débarrassée de Dieu. La musique, le théâtre, les sciences, les lettres, le droit, le rêve de l'universalisme… en tout sens, la créativité humaine explosait et les fondements de la modernité étaient imaginés, assurant pour longtemps la domination de l'Europe puis de son extension américaine sur les autres continents. Ce fut fascinant, mon amour.

Tout a commencé avec Monsieur de Maupertuis, en 1740. Ce physicien au mauvais caractère, précurseur de la mécanique quantique avec un siècle et demi d'avance, soutenait que la Terre n'était point sphérique mais aplatie en ses deux pôles, contrairement au dogme de l'Église qui avait fini par admettre sa rondeur. Voilà que Dieu se serait encore trompé. La science a cet avantage sur la religion qu'elle peut se déjuger sans se discréditer. La raison progresse par ses erreurs quand la foi meurt de ses errements. Le scandale des pôles aplatis fut tel que le roi Louis XV envoya deux expéditions trancher cette controverse. Maupertuis dirigeait celle qui arpenta la Laponie et ses mesures ne laissèrent aucun doute. La Terre n'était que partiellement ronde. Le coup fut rude pour l'Église. Cinq ans plus tard, enseignés par cet exemple, des hommes brillants mais sans titre se réunirent avec le projet de publier un dictionnaire raisonné des sciences, des arts et des métiers afin *que les travaux des siècles passés ne soient pas inutiles pour les siècles qui succéderont*. Ils se nommaient D'Alembert, Diderot, Rousseau et leur encyclopédie fut mise à l'index par le pape pour hérésie. Le retentissement de leurs travaux dépassa leurs espoirs. La Bible a ouvert le temps des croyances, l'*Encyclopédie* celui de la raison. Soudain, Anna, une *conspiration victorieuse de l'esprit humain* contre les dogmes privilégia le bonheur terrestre à celui des cieux. Les idées bourgeoises : l'instruction, la diffusion des connaissances, le travail, remplacèrent les valeurs élitistes et guerrières de l'aristocratie. Ce qui n'avait jamais été pensé – la fin de l'esclavage, l'égalité des sexes, l'abolition de la peine de mort – était réclamé plus ardemment chaque jour. Les révolutionnaires, dont certains furent mes amis, ne sont que les enfants des encyclopédistes. Quelques hommes ont inventé un monde sans Dieu parce qu'ils l'ont regardé ainsi et tout a changé. À jamais.

Mais revenons à mes débuts. Mes parents logeaient depuis plusieurs mois dans un hôtel particulier aux hautes fenêtres, en bord de Seine, propriété du duc de Vendôme, une relation d'affaires de mon père. Depuis leur départ de Venise, ils ne s'étaient pas quittés, retissant les fils de leur union par de longues discussions, des gestes doux et la préoccupation commune de leurs enfants. Ils se rapprochèrent du prince de Conti, grand collectionneur d'art, qui apprécia la fréquentation de ces Vénitiens raffinés. Ils découvrirent les échoppes des artisans réputés, prenaient le thé avec des esprits éclairés, étaient invités aux bals de la Cour, toujours avide de nouveauté, d'autant que le couple était agréable et pouvait faire l'objet de commérages inédits, ce dont raffolaient Paris comme Versailles. Ils se lièrent particulièrement avec un jeune et brillant mathématicien du nom de Condorcet qui développa auprès d'eux une audacieuse théorie sur un régime politique appelé démocratie qui, selon lui, serait adapté au monde moderne. Cesare et Lavinia étaient captivés par ces discussions qui se prolongeaient tard dans la nuit avant qu'ils n'aillent se gorger du plaisir de regarder dormir leurs deux anges. Mes parents goûtaient au bonheur spirituel, familial et même tactile, leur tendresse s'exprimant par mille petites douceurs qui leur faisaient oublier que leurs corps réclamaient des étreintes.

Échappant ainsi au scénario écrit pour eux, Cesare proposa de s'établir en France mais son épouse refusa. Sa langue lui manquait, de même que le confort protecteur de sa maison dont elle avait choisi chaque objet avec soin. Plus tard, cette décision la hanterait ; mais pour l'heure, elle profitait d'une parenthèse de légèreté et fut touchée de la demande de son mari bien que certaine de ne vouloir y accéder.

Je crois que c'est à Paris que mes créateurs se sont véritablement choisis. Auparavant, ils s'étaient plu, reconnus, aimés même… mais pas choisis. Au centre du monde qu'était devenue la capitale française, en pleine connaissance des imperfections de l'autre, plus unis que jamais, ils se sont élus, sûrs de pouvoir exorciser leurs démons. Le soir où cela se produisit, ils firent l'amour sans que Cesare fermât les yeux. Pour la première et dernière fois. Je te conterai plus tard, Anna, l'étrange moyen par lequel j'ai assisté à la scène de ma conception.

Ma mère se figea et se contracta sur mon père, retardant douloureusement sa jouissance. Emportée par l'exaltation, elle fit un serment. Sur le ciel, les étoiles et les dieux de l'univers, jusqu'à la fin de son temps, elle ne connaîtrait d'autre amant que son époux, quoi qu'il lui en coûte, même s'il devait ne plus jamais la toucher. Sur le ciel, les étoiles et les dieux de l'univers, Cesare jura qu'il découvrait un plaisir aussi miraculeux qu'inconnu et qu'il le cultiverait sur la tombe de ses inclinations.

Aussi profondément que leurs consciences puissent aller, ils étaient sincères l'un et l'autre mais ce faisant, chacun se rendait coupable du pire des sacrilèges en profanant la nature que le ciel, les étoiles et les dieux leur avaient donnée. Dans l'intensité de ces vœux, Cesare se libéra.

L'émotion, pure et puissante, modifia une fraction de seconde la chimie intérieure de mes parents au moment même où la vie se créait. Une poussière de passion se posa sur un brin d'ADN. Il en résulta une infime mutation, imperceptible, comme il en survient des millions chaque jour dans chaque espèce. En général, elles n'ont aucun effet, plus rarement elles produisent des affections, des handicaps ou des dons mais au gré du hasard, à des milliers d'années de distance, il arrive qu'elles engendrent une nouvelle espèce. Ma mutation fut singulière. Les jours suivants, elle se répliqua à des milliards de reprises, dans les cellules d'un œuf qui devint embryon puis fœtus.

Durant les siècles suivants, des milliers de vies seraient écourtées ou brisées par les conséquences du blasphème commis par mes parents.

Quelques semaines plus tard, Lavinia n'eut plus de doute sur son état. Elle en conçut un bonheur intense, déjouant à nouveau la malédiction de sa mère et se réjouissant que le miracle d'une nuit s'incarne en chair.

Mais cet événement imposait de rejoindre Venise et un mauvais pressentiment gagna ma mère. Elle craignait ce retour et s'en ouvrit à son époux. Ce dernier lui rappela qu'un peu plus tôt, elle avait refusé de s'établir à Paris et ce n'était certainement pas enceinte qu'il fallait se déjuger. Le bébé devait naître au milieu des siens. Il la rassura, promettant de prochains voyages, mais elle ne devait pas enfanter à l'étranger.

Les hommes n'écoutent jamais assez l'intuition des mères. Elles devinent le danger comme les animaux pressentent les tremblements de terre avant qu'ils ne surviennent. Les mâles sont dépourvus de ce don et ont toujours mille bonnes raisons pour ignorer ce qu'ils perçoivent comme un désordre hormonal de leurs épouses.

L'événement étant survenu à l'approche du carnaval, Cesare, dans le secret de son inconscient, pensait aussi au masque derrière lequel il avait rencontré son plaisir. Il n'aurait pas récidivé, certainement pas dans ces circonstances, mais la proximité suffisait au frisson. Quand le drame est advenu, le souvenir de cette pensée frivole sinua jusqu'à sa conscience et ne le quitta plus.

Pour des raisons différentes, n'ayant pas su saisir leur chance, mes parents avaient scellé leur perte. Le marionnettiste triomphe toujours.

Quinze jours plus tard, ma famille était de retour à Venise. Sur la route, Federico adopta un chaton errant qu'il nomma Plume et qu'il ne quittait plus. Adriana, curieuse et confiante dans la vie, conversait longuement avec toute personne croisée. Elle fut heureuse de retrouver sa maison, ses amis et ses toiles. La petite fille enjouée s'était découvert un talent précoce pour la peinture. Ses pinceaux faisaient apparaître des princes et des princesses tels qu'elle les rêvait, puis elle bavardait avec eux.

Une semaine plus tard, alors qu'elle s'ennuyait, son père lui proposa de visiter l'atelier d'un célèbre sculpteur de Venise auquel il souhaitait commander une œuvre. Adriana découvrit l'atelier mais aussi le charmant petit garçon de l'artiste, auquel elle entreprit immédiatement de conter son périple parisien. Elle ne remarqua pas que celui-ci toussait.

La fièvre débuta le surlendemain. Trois jours plus tard, ce fut au tour de Federico.

4.

New York, 30 novembre 20--,

J'ai assisté à ton réveil ce matin, Anna. Je dis « assisté » car il ne me reste que trois matins à vivre et lorsque la fin est imminente, chaque réveil de l'être aimé est un événement. Nous avons échangé un baiser que j'ai écourté pour ne pas te tuer. Il est chaque jour plus difficile de résister. Alors j'ai fixé la date : le 3 décembre, je mourrai et mon pouvoir disparaîtra avec moi. Parfois je me demande s'il ne survivra pas, en dehors de moi, avant de s'agréger à un autre enfant. Mais je ne le crois pas. Je suis le seul maudit. Le produit d'une histoire qui ne surviendra plus.

J'ai consacré cette journée à prendre les dispositions qui s'imposent avant de partir. Ces tâches m'ont éloigné de toi. Tu seras à l'abri, pour toujours, de moi et du besoin. Ma fortune est au-delà de ce que tu peux imaginer. Je te raconterai par quel moyen j'ai pu l'accumuler. Quand je t'ai retrouvée, ce soir, il m'a fallu inventer un jeu pour ne pas t'embrasser. Je t'ai proposé de nous caresser jusqu'à épuisement. Les mains. Partout. Jamais nos lèvres. Je t'ai dit que c'était important et que même lorsque nous brûlerions, il faudrait s'en tenir à la règle, sinon un futur médiocre nous punirait. La détermination initiale entre deux amants doit être impitoyable. À défaut, quelques années plus tard, il n'en reste rien. Tu as ri mais comme tu es superstitieuse et joueuse, tu as respecté le code. Tu as adoré.

Tes réactions sont imprévisibles. Parfois heureuse de ce qui pourrait te contrarier et irritée de ce qui devrait te rendre joyeuse. Juste ce qu'il faut pour surprendre l'ennui d'une vie interminable. Tu es imprévisible mais déterminée. Lors de notre première rencontre, il y a plusieurs siècles, c'est toi qui m'as choisi. Tu as pris l'ascendant et tu l'as conservé. Je t'ai retrouvée aussi profonde et audacieuse qu'autrefois. Plus énigmatique peut-être, mais cela me plaît.

Au fond, c'est une fin sensée. Lorsque je t'ai aperçue, une nuit, sur le pont de Brooklyn, prête à te jeter dans le fleuve, j'ai su que tu étais celle que j'avais aimée il y a si longtemps. Tout a commencé avec toi. La découverte de mon don et mon périple meurtrier. Tout finira avec toi.

Je crois que cette nuit-là, tu as compris toi aussi. Ton escarpin avait glissé vers le vide, le vent froissait ta robe et tu as tourné ton visage vers moi. Bien sûr, tu ne m'as pas identifié. Je veux dire… ce n'est pas toi que j'ai embrassée à Venise le 6 mai 1784. Je n'ai pas oublié cette date. Mais tu étais certaine de me connaître, je l'ai vu dans tes yeux. Je ne sais comment ce miracle est possible. Qu'importe l'explication, tu es la réincarnation de la seule femme que j'ai aimée et tu as gardé le souvenir de moi.

Tu sais, j'ai connu davantage d'ivresse, de débauche et de jouissance que tout autre homme. J'ai vu plus de beauté aussi. Mais jamais je ne t'ai oubliée. Pas un instant. Sauf les premières années, peut-être…

Trois matins et deux nuits ; le 3 décembre, j'en aurai fini de cette vie ; il faut que j'avance dans mon récit.

5.

Ce n'était pas de ma faute si mes parents avaient regagné Venise au pic de l'épidémie alors qu'un mois plus tard la scarlatine n'était qu'un mauvais souvenir.

Ce n'était pas non plus de la leur mais chacun d'eux, pour de futiles motifs, avait voulu quitter Paris. Leur rêve d'amour fut enterré avec leurs enfants. Federico d'abord. Adriana, deux jours plus tard.

Mes parents ont été évidés. Ne subsistait en eux que le supplice du manque. À un détail près.

Lavinia me sentait en elle. Elle ne ferait pas de fausse couche. Je crois qu'elle m'en a voulu de devoir vivre.

Dans les dîners mondains, notre nom ne fut plus cité que pour incarner la tragédie. Selon le degré de jalousie et de satisfaction secrètement éprouvées face au malheur d'autrui, on prenait une mine plus ou moins affectée. Les premiers jours, la conversation avait lieu en début de repas. Après deux semaines, la séance d'affliction se déplaça au dessert et passé un mois, elle disparut. À cette époque, les drames se succédaient à grand rythme.

Au cours des cinq mois qui ont précédé ma naissance, Cesare et Lavinia se parlèrent à peine. Ils ne retenaient de leur vie qu'une farce sordide, chacun devenant pour l'autre le miroir de l'horreur. Bientôt, la haine et le mépris de son mari franchirent le néant pour atteindre le cœur de Lavinia. Il faut toujours un coupable. C'est un stratagème de l'esprit pour éviter la folie. Elle avait tant insisté pour rester à Paris quand elle tomba enceinte. Elle lui reprocha aussi ce qu'il était et pensa à une sanction divine, pour ça et pour ses tromperies à elle. Elle aurait pu croire n'importe quoi. Pas un instant elle ne pensa au bébé qu'elle portait. Sa capacité à aimer s'était envolée. Elle se nourrissait à peine, ne prenait plus soin d'elle et encore moins de moi. Lavinia restait enfermée dans sa douleur. Elle ne put y renoncer et ne s'apercevait pas qu'en la sanctifiant, elle privait d'amour un fils bien vivant au bénéfice de ses enfants morts. Dans les entrailles de ma mère, j'ai su que quelque chose n'allait pas.

Cesare, de son côté, ne ressentait plus rien. Ni la haine injuste de son épouse alors qu'il avait voulu installer sa famille à Paris, ni la souffrance de ne plus entendre les rires et les bavardages d'Adriana, ni celle de ne plus sentir, chaque soir, l'odeur rassurante de son petit garçon. Rien. Il restait enfermé dans une pièce de la maison et n'en sortait qu'à la nuit tombée pour dormir dans l'une des chambres de ses enfants, à même le sol, comme une bête. Il oublia jusqu'à mon existence. C'est là que tout a commencé. Je te l'ai dit, je me souviens de ce temps-là. Ce ne sont pas des souvenirs comme tu peux les concevoir ; je t'expliquerai…

Mon père regardait pendant des heures les tableaux peints par ma sœur, sans qu'une larme vienne. Je le voyais par les yeux de ma mère et je percevais aussi l'immensité de l'amour qu'il éprouvait. Le sentiment était là, dissocié de sa conscience mais présent dans chacune de ses cellules. Je me serais satisfait des bribes de cet amour mais pas une seule ne se dirigeait vers moi. Mes parents se préoccupaient davantage de Plume, le chat errant de Federico. Je ne comprenais pas comment l'on pouvait préférer un animal à son enfant.

On dit que Zeus, pour soulager la terre de la prolifération des hommes, décida de prolonger à l'infini la guerre de Troie. Quand le Cosmos subit un dérèglement, l'ordre ne peut être rétabli sans dommages. Par leurs serments, mes parents avaient sacrifié leur nature, créant un désordre. Ce poison se transforma en émotion et ma conception en a été affectée.

Dans les entrailles de ma mère, j'étais différent mais viable. La vie est la force la plus puissante de l'univers. Elle a transformé des poussières de roche, dans l'espace, en humains, en forêts et en océans. La vie est bien plus puissante que la mort et un jour, tu verras Anna, elle en triomphera. Elle trouve toujours son chemin. Avec mes os si fragiles et mes quarante centimètres, j'avais besoin de mes créateurs. Je crois que les milliards de milliards de neurones de mon cerveau en formation se sont organisés dans le but d'éveiller l'amour de mes parents. Par nécessité, toute mon énergie vitale y était consacrée. Dans cet environnement favorable, l'étrange mutation affectant mes gènes a pu s'épanouir. Ce n'est que bien plus tard que j'en découvris les conséquences.

Le 30 avril 1769, mes parents m'appelèrent Adrian, en souvenir de ma sœur.

6.

C'est à quinze ans que j'ai découvert mon pouvoir. C'est un moment qui te concerne aussi. Celui où le monstre s'est éveillé.

Avant, je crois avoir été le bébé le plus docile de Venise. Je piaillais gentiment, souriais souvent, dormais sans me réveiller, mangeais de tout et jamais ne pleurais. Mais ceci n'était que leurre. L'instinct est immédiat. Il apparaît avec la vie elle-même. Il est le produit de la mémoire des milliers de générations qui se sont succédé, de la somme de toutes les expériences vécues depuis l'origine de l'humanité. L'instinct de survie m'ordonnait de ne pas protester du manque d'amour dont j'étais victime, de ne rien faire qui puisse aggraver le triste état de mes parents au bord de l'explosion. Il ne fallait pas leur montrer un quelconque signe d'angoisse susceptible de les culpabiliser. C'était à moi de les rassurer et de les convaincre qu'ils pouvaient encore être parents. Sinon, j'étais mort.

Une nourrice m'aurait aimé et tout aurait été différent mais je n'eus pas la chance d'en avoir. Lavinia se raccrochait à sa décision d'élever seule ses enfants comme à une branche l'empêchant de sombrer. Elle fit tout ce qu'il fallait. Tout ce qu'une maman admirable aurait fait. J'étais baigné, nourri, soigné. Par devoir et parce qu'elle n'était pas mauvaise, elle s'occupait de moi. On aurait cru à une mère exemplaire mais elle me parlait à peine et jamais ne me caressait ou ne me portait à son cœur. Elle n'y parvenait pas et, pour s'en justifier, se disait qu'aimer si vite un autre enfant aurait été une trahison envers Adriana et Federico. Chaque jour, elle remettait au lendemain les signes d'une tendresse qu'elle savait me devoir.

Cesare préféra la désertion. S'il était tout aussi incapable de trahir son deuil en répondant aux sourires du bébé ou à ses bras tendus, l'indifférence ne lui était pas plus supportable. Il décida de reprendre ses affaires, ce qui lui permit de s'absenter de l'aube au crépuscule et de ne plus voir ni l'enfant ni la mère. Au moins pouvait-il soigner sa mauvaise conscience en assurant le confort matériel de la famille qui lui restait. Il privilégia son travail, comme d'autres qui n'ont pas connu de telles épreuves.

À six mois, ma situation s'est dégradée. Je dépensais une telle énergie à tenter de me faire aimer que mon état s'en ressentit. Au cours des premières années de ma vie, j'ai développé un nombre incalculable de maladies.

Migraine, asthme, souffle au cœur, eczéma, myopie… Lavinia convoquait sans cesse des médecins qui, en ce temps-là, ne servaient, au mieux, à rien. Paradoxalement, cela lui redonna un brin d'estime d'elle-même ainsi qu'un soupçon de sens à sa vie.

J'ai vécu ainsi jusqu'à l'âge de cinq ans. J'avais hérité des cheveux noirs de ma mère, de la blancheur de peau de mon père et la couleur de leurs yeux s'était mélangée pour donner le gris des miens. Mais c'est à ma maigreur que je devais d'être remarqué. Ayant gagné en autonomie, je n'avais plus à mystifier. Je n'en avais de toute façon plus la force et j'exprimais ainsi ma véritable nature : triste, inquiète et terriblement solitaire. Je ne pratiquais pas d'activité physique mais me passionnais pour le français dont un professeur était chargé de m'enseigner les rudiments. Je ne croisais mon père qu'en de rares occasions et Lavinia déposait chaque soir un baiser désincarné sur mon front. Heureusement, il y avait les bonnes qui n'ont jamais autant mérité leur nom et qui tentaient de me distraire. Un jour, l'une d'entre elles, une énorme femme, me serra dans ses bras, contre ses seins gigantesques. Ce geste de pitié me fut si doux que j'en éprouve toujours le réconfort, malgré les siècles écoulés.

Mon commerce avec les autres enfants était douloureux. En tout pays, et j'en ai parcouru beaucoup, Anna, lorsque des enfants se regroupent, il leur faut un souffre-douleur, une victime leur permettant de se délester des restes de sauvagerie de leurs premières années. Ensuite, ils se civilisent. Le petit garçon chétif et timide que j'étais fut tout désigné pour assurer cette fonction. On me surnommait de bien des manières. Les plus cruels m'appelaient le frère des morts. Pour les autres, j'étais le corbeau ou peau de lait ou encore le muet. Les enfants de la bourgeoisie vénitienne me regardaient comme un être différent, décharné, au teint livide, que l'on pouvait battre et humilier à l'envi et selon mille variations, de l'ingestion d'insectes à l'obligation de se couvrir d'immondices. Les petites filles n'étaient pas en reste. Moins violentes, elles n'en étaient pas moins méchantes et, pour tester leur pouvoir, excitaient les garçons à se montrer toujours plus sadiques. Mes supplices, dont elles ne manquaient rien, devenaient des offrandes de leurs chevaliers servants. J'étais conforté dans la certitude d'être seul au monde, ce en quoi je ne me trompais pas, mais sans savoir que ce serait pour l'éternité. Peu à peu, je me résignai à ne pas avoir davantage d'amis que de parents aimants. Sur ce dernier point, mon renoncement était dû à Plume, le chat de Federico.

Je dormais au dernier étage de notre demeure et une nuit je fus réveillé par ses miaulements. Je ne sais comment il est parvenu sur le toit mais il s'y trouvait en mauvaise posture sur une pente menant au vide. J'étais jaloux des caresses qu'il recevait et il ne m'approchait jamais mais voir cette bête seule et terrorisée me fut insoutenable. Je n'avais que cinq ans et c'est un âge ou l'on écoute les pulsions de son cœur sans que la raison s'en mêle. Je suis sorti par la fenêtre pour le récupérer. Il suffisait de poser les pieds sur la corniche, de progresser d'un demi-mètre et je pourrais le saisir. Le chat me regardait, semblant m'implorer de le sauver. Pour la première fois, il me considérait et cela me toucha tant que je m'avançai vers lui un peu trop vite. Mon pied glissa. Je trébuchai mais me rattrapai in extremis à la corniche. Je pendais dans le vide. Alertée par mes cris, Lavinia apparut à la fenêtre. Le chat et moi étions près de la mort. J'ai vu le visage de ma mère, si belle, si douloureuse. Elle hurla pour réveiller son mari et se pencha autant qu'elle le put pour saisir mon bras. Faute de parvenir à me hisser, au moins me soulagea-t-elle. Mais avant, il y eut une fraction de seconde. Une minuscule parcelle de temps où je plongeai mon regard dans le sien en y discernant sa première pensée. « *Si seulement il pouvait tomber.* » J'ai capté cette pensée avec certitude. Elle était claire et puissante. Et Lavinia savait que je l'avais perçue.

Mon père me sauva au prix d'une blessure qui me laissa une vilaine cicatrice au menton. Le chat de Federico, lui aussi secouru, accepta dorénavant mes caresses. Mais de ce jour, j'abandonnai le combat.

Pour me venger de l'injustice et du malheur, j'aurais pu devenir haineux et pervers. Mon enfance est de celles qui forgent les détraqués. C'est tout le contraire qui survint. Je fus de ces enfants doux et sensibles, sages par peur de déplaire, avec un cœur gorgé d'amour. Faute de mieux, je déclarais ma tendresse à des papillons ou à des abeilles et il m'arrivait même de discuter avec les fourmis que j'observais dans le jardin. Elles me disaient que je n'étais pas si laid, que l'indifférence de mes parents devait s'expliquer et, surtout, qu'un jour je serais aimé. Toute amélioration de mon sort me procurait un bonheur fou. Ainsi, l'amitié du chat atténua mes chagrins et bien des brimades. Ma nature n'était pas mauvaise, Anna. C'est ensuite qu'elle se gâta.

Les années suivantes s'écoulèrent sans que Cesare et Lavinia puissent se quitter, incapables de partager leur souffrance avec d'autres. Leur drame les séparait tout en les unissant. Deux êtres qui n'auraient jamais dû se lier étaient condamnés à vivre ensemble à perpétuité.

À six ans, j'eus l'âge de rejoindre le collège des Jésuites, sur l'île de San Pietro di Castello, ce qui fut une délivrance pour mes parents. Pour moi, rien ne changea, et mes nouveaux camarades ne furent pas moins sadiques que les précédents mais plus les années passèrent, plus ils m'ignorèrent. J'étais devenu transparent. Sans le secours de quelques jésuites, meilleurs médecins que ceux qui en avaient le titre, je n'aurais probablement pas survécu à la dégradation continue de ma santé. Je crois que, privés d'affection, mes organes s'atrophiaient.

Ma survie, je la dois aussi à la découverte des mots. J'ai appris à lire et à écrire plus avidement que quiconque, partageant les aventures de personnages dont l'existence avait un sens. Je dévorais tous les ouvrages disponibles, pour la plupart religieux, outre quelques traités de philosophie, d'art ou de science jugés conformes aux dogmes. Ma véritable existence se déroulait entre les lignes des beaux ouvrages du scriptorium où des moines copistes avaient reproduit ce que d'autres avaient inventé. Par chance, mon collège était un des mieux fournis de Venise. On y venait des contrées les plus reculées du monde chrétien pour consulter des manuscrits et livres aux enluminures merveilleuses et des incunables aux reliures précieuses. Il y en avait des centaines. Je lisais les saintes écritures comme un roman d'aventure, je vibrais aux récits des fondateurs de l'Église, partageant leurs émotions et discutant avec Thomas d'Aquin ou Augustin qui remplaçaient avantageusement les fourmis de mon ancienne demeure. Durant des années, ma vie fut dénuée d'intérêt mais les vingt-six lettres de l'alphabet me procuraient d'infinies possibilités de rêverie. Souvent, je ne comprenais pas un mot des livres que je parcourais, mais j'avais la sensation de ne plus être seul. Je pensais ne pas vivre longtemps avec mes affections multiples mais au moins aurais-je connu un véritable plaisir avant de retourner au néant. Ce dernier ne me quittait plus depuis que, suspendu à une corniche, j'avais renoncé à susciter l'intérêt de mes parents.

Deux fois par an, je regagnais la demeure familiale. Cesare et Lavinia voyaient grandir leur œuvre et ma mélancolie. Je n'essayais même pas de leur reprocher leur monstruosité. Avec le temps, j'en avais compris la cause. Je serais pour l'éternité le rappel de leur souffrance. Je n'obtiendrais jamais ce qu'ils ne pouvaient donner. Eux aussi étaient des fantômes, de pâles reflets de ce qu'ils furent avant la mort de leurs enfants. Cesare avait grossi et commençait à se dégarnir. Il travaillait sans relâche, obsédé par son commerce et sa fortune que Lavinia s'empressait de dépenser au profit d'œuvres charitables. Le malheur l'avait rendue tragiquement belle et dévote. Nos échanges se limitaient à des formules de circonstance et le malaise que nous ressentions était aussi visible que le palais des Doges. Dès mon arrivée, j'attendais impatiemment de regagner San Pietro et il en était de même pour mes parents.

À l'adolescence, je me passionnai pour les techniques d'imprimerie qui ne cessaient de se perfectionner depuis la Bible de Gutenberg, propageant ainsi l'accès au savoir. J'avais développé un don pour les langues jugé précieux par mes maîtres, mais eux aussi se méfiaient de moi. Sans doute flairaient-ils, chez le jeune homme taciturne que j'étais, une différence inquiétante. J'exprimai le souhait de rejoindre leur communauté, d'œuvrer au rayonnement de leur bibliothèque et, peut-être, de travailler sur de nouvelles techniques d'impression. Ils repoussèrent mon admission comme novice, mes talents ne compensant pas la gêne ressentie en ma présence. Durant des années, j'ai approfondi ma connaissance des livres, nuit et jour, pour vaincre leur résistance. En toute matière, je devins le meilleur de leurs élèves mais cela non plus ne fut pas suffisant et il me fallut encore patienter avant d'obtenir la récompense espérée : faire vœu de solitude et que les mots soient ma vie.

À l'aube de mes quinze ans, les jésuites finirent par m'accepter. Je devais informer mes parents qu'une vie recluse m'attendait et j'étais certain qu'ils en seraient soulagés.

J'ai rejoint le domicile familial le 2 mai 1784. Quatre jours avant l'Ascension. Quatre jours avant que ma vie ne bascule, Anna. Ce retour fut plus douloureux que les précédents car je savais que je ne verrais plus mes parents avant longtemps, peut-être jamais, et je ne parvenais pas à m'empêcher d'espérer. Un mot de mon père, une caresse de ma mère, n'importe quoi pour ressentir que je n'étais pas maudit. Qu'avais-je fait pour mériter un tel sort ? Mais je n'obtins rien et de méchants ulcères en profitèrent pour me perforer l'estomac. Cesare et Lavinia fuyaient, l'un dans son travail, l'autre dans ses œuvres charitables. Ils avaient choisi la souffrance et, me l'ayant transmise, je la nourrissais en retour par le triste spectacle de ce que j'étais, ce qui s'ajoutait au souvenir de leurs enfants morts. Le malheur avait gagné. Leurs vies s'écoulaient, écrasées par de mornes passions.

Au matin du 6 mai, probablement pour m'éloigner, Cesare me rappela qu'il s'agissait d'un jour singulier. L'Ascension coïncidait avec la plus fameuse des commémorations, celle du mariage de Venise avec la mer. Depuis des siècles, les Vénitiens se rassemblaient dans l'allégresse afin d'admirer leur doge dans son manteau de brocart lamé d'or et d'argent, aux côtés du légat du pape et de l'ambassadeur de France, jeter un anneau d'or dans l'Adriatique en prononçant les paroles rituelles « Nous t'épousons, mer, en signe de véritable et perpétuelle domination ». Ces paroles ouvraient la fête de la Sensa, renommée dans toute l'Europe pour son faste et sa démesure.

Je n'avais pas le goût des festivités mais saisis le prétexte pour m'éloigner de la sombre demeure von Gott.

Nous sommes de la même étoffe que les songes,
Et notre vie infime est cernée de brouillard.

C'est en citant Prospero que je me dirigeai vers mon destin. Shakespeare ne faisait pas partie de la bibliothèque des jésuites mais j'en avais trouvé les œuvres dans notre demeure ; un trésor. Depuis plus de deux cents ans, les livres sont mon refuge, Anna. Au plus profond de mon désespoir, contemplant les guerres et la barbarie des hommes, les mots ont continué à m'enchanter. Au cours de ma longue vie, j'ai vu la calomnie salir la vertu, la compromission encensée, l'intégrité injuriée, la lâcheté triompher du courage et les courtisans enterrer les plus grands esprits ; j'ai regardé ma propre sauvagerie et ma misérable condition et je n'ai jamais cessé de lire. C'est là, au cœur de la musique des mots, que se trouve l'expression du génie humain.

Ce matin-là, le grand scénariste de nos vies décida de me faire naître à la mienne et le songe est devenu cauchemar.

Au milieu de la foule, je regardais sans grand intérêt le navire souverain s'apprêter à quitter la lagune, escorté de nombreux bateaux et gondoles. Le peuple s'agglutinait. Les hommes hurlaient et les femmes riaient bruyamment. L'odeur de sueur était infâme. Je me sentais épié par mille yeux. J'étais le frère des morts, le petit garçon maltraité, la source de malheur. Le bruit m'assourdissait et je manquais d'air. Je ne pouvais prendre la fuite, coincé par des milliers de corps qui formaient des murs infranchissables. Le doge s'apprêtait à jeter à la mer l'anneau nuptial, ce qui accentua encore l'enthousiasme populaire. Les hommes en profitaient pour toucher les femmes qui se laissaient faire par peur ou frisson. Des coups étaient échangés et le vin coulait des lèvres. Je suffoquais au milieu de cette hystérie lorsqu'une main saisit la mienne, enfonçant ses ongles dans ma chair. Jusqu'au sang. J'ai hurlé de douleur mais personne ne l'a remarqué.

Je me suis tourné vers toi, Anna. Le 6 mai 1784, tu t'appelais Clélia et tes griffes me broyaient la main.

J'ai ressenti une terreur sauvage chez la jeune femme aux cheveux blonds qui se tenait près de moi. Comme si elle n'avait eu d'autre choix que de labourer ma paume pour ne pas sombrer. Je ne sais par quel miracle elle s'était retrouvée aux côtés du seul être de cette foule ressentant la même angoisse. Elle l'avait perçue avec assez de certitude pour me saisir la main et évacuer un peu de sa peur en s'enfonçant en moi. Son geste m'enflamma.

Clélia avait mon âge et une maigreur tout aussi inquiétante. Une brindille de blanc vêtue, aux yeux bleus étrangement clairs et aux joues creusées. Nous devions donner l'impression de deux fantômes perdus parmi les vivants. Ses griffes, mon sang et mes chairs lacérées disaient bien au-delà de ce que les mots pouvaient exprimer. Nos regards apaisèrent nos peurs, comme si la foule s'était dissipée. La jeune fille s'aperçut du sort de ma main. Ce qu'elle fit alors me pétrifia et, en l'écrivant, je m'aperçois que ce moment valait d'endurer des siècles de solitude.

Elle plongea ses yeux dans les miens. Moins décharnée, elle aurait été jolie avec ses traits fins et ses fossettes. Le manque d'appétit avait dû transformer la petite fille gracieuse en spectre angoissant. Elle porta ma paume vers elle. Sans réfléchir, je lui présentai mon autre main, encore intacte, en offrande. J'espérais qu'elle s'en empare avec la même férocité. Je crois qu'elle en fut touchée.

Elle approcha ses lèvres de ma main meurtrie et, comme un animal, la lécha.

Ma vision du monde, ma perception de la vie se sont disloquées en une fraction de seconde par le seul effet de sa langue humide. Je n'étais plus seul. Aussi étrange, malade et peu séduisant que je puisse être, je méritais l'intérêt d'autrui. Il y avait une vie, bien réelle, en dehors des grimoires. Une allégresse inconnue irrigua mon corps. Un être de chair et de sang avait eu besoin de moi, m'avait reconnu et choisi.

Ce geste ranima mon appétit d'être aimé et éveilla mon pouvoir. Bientôt, il trouverait à s'exprimer.

Nous parvînmes à nous éloigner, traversant le quartier de San Marco vers l'église Santa Maria Formosa, puis empruntant la petite calle della Madonna pour nous retrouver devant la statue du condottiere, face à la basilique San Zanipolo.

C'est elle qui prononça les premiers mots. Aussi étrangère que moi à la société des hommes, elle y était toutefois plus accoutumée, un degré moins introvertie. Elle sentit que je ne savais pas faire.

Elle était fille de médecin et son père ne comprenait pas pourquoi son corps refusait de se nourrir. Il imputait ce dérèglement à un caprice ou, peut-être, à l'œuvre du Malin. Il n'avait jamais connu de cas semblable, excepté ce que l'on disait de sainte Catherine de Sienne, mais sa fille à lui n'était pas mystique et ne pratiquait ni jeûne ni pénitence. Son père, comme le mien, l'avait envoyée se divertir, espérant que le miracle de l'Ascension ou le pouvoir de la mer, ou les deux, sauvent sa fille d'une issue qu'il devinait funeste.

Sous la statue équestre du célèbre chef de guerre, Clélia se livra jusque dans les détails du dégoût de son corps, de ses rondeurs d'antan, de cette sale graisse qui venait se nicher partout, de ce qu'on la forçait à ingérer pour survivre. Elle raconta la nourriture qui la tuait et ses parents aimants, de braves gens qui ne vivaient plus à cause d'elle mais elle n'y pouvait rien. Elle laissait la mort rôder sans pouvoir l'éloigner. À cette époque, Anna, on ne connaissait rien de cette affection.

Je buvais ses paroles, hypnotisé par elle, par la grâce de notre rencontre, par l'intérêt que je découvrais pouvoir susciter.

Le cours de ma vie avait bifurqué et mon âme romantique s'emballa. Plus rien n'avait d'importance, si ce n'était prolonger la magie de cette présence à mes côtés. Il y a plus de deux siècles, comme il y a quelques jours, j'ai pensé que le destin avait fini de s'acharner et s'était décidé à consoler mes souffrances. À mon tour, je me livrai.

Nous avons traversé le ghetto de Venise avant que les portes n'en soient fermées, comme chaque soir, emprisonnant les juifs dans ce quartier où ils avaient l'obligation de résider jusqu'à ce que Bonaparte les émancipe. J'avouai à Clélia que j'aimais ce peuple, ce qui, à l'époque, m'aurait au mieux fait passer pour un dément, au pire valu quelques accusations d'hérésie et, en tout état de cause, interdit l'accès à la confrérie des jésuites. Mais je savais qu'elle ne me jugerait pas. Personne n'aimait les juifs et je ressentais pour eux une fraternité de réprouvés. Comme moi, ils ne devaient pas comprendre ce qu'ils avaient fait pour être brimés sans relâche. J'ai entamé mon troisième siècle d'existence mais mon sort, de même que le leur, n'a pas changé. Encore ont-ils la chance d'être maudits en tant que peuple, ce qui laisse une place au bonheur individuel. Ma malédiction est personnelle.

Je lui confiai ma solitude, ma vocation de moine, le sadisme de mes camarades depuis l'enfance, ma santé déclinante. Je remontai jusqu'à Adriana et Federico que l'on m'accusait en silence d'avoir tués. Je le lui ai raconté comme je te l'écris aujourd'hui, Anna.

La nuit tombait et nous avons atteint l'extrémité du quartier de Santa Croce, au bord de la lagune. Nous nous sommes assis face à la mer, sachant qu'il nous faudrait bientôt nous quitter.

Je lui parlai de ma mère dont j'avais tant attendu une marque d'amour sans jamais l'obtenir. Je trouvai le courage de lui raconter le chat sur le toit… et le regard de Lavinia.

La proximité de la Faucheuse produit des raccourcis. L'urgence abolit les filtres de la bienséance. Clélia approcha ses lèvres.

Elle m'embrassa et, pour la première fois, la *chose* s'est produite.

7.

Ce que je vais t'écrire est si extraordinaire, Anna, que je dois prendre un détour. Il m'a fallu attendre pour comprendre. Que la science progresse, ce qui n'est advenu que dans la seconde partie du XXe siècle pour le phénomène qui nous intéresse. En 1784, je croyais qu'il s'agissait de sorcellerie. Aujourd'hui encore, je n'ai pas fini d'élucider ce mystère mais j'en conçois le fonctionnement.

Nul ne sait ce qui provoque l'amour mais les conséquences sur notre physiologie en sont connues. Le système limbique est activé et déclenche la sécrétion d'une infinité de substances. Une éruption volcanique. Parmi elles, les hormones du bonheur, du plaisir, de l'attachement et du désir. Un effleurement entre lèvres ou entre sexes et notre cerveau se transforme en manufacture chimique irriguant notre corps. Dopamine, sérotonine, endorphine… et surtout, ocytocine. Un trésor. L'hormone de l'amour et du lien social. La source de l'orgasme et de l'empathie. Un bébé ne sourit que pour stimuler cette substance chez ses parents. Sous son effet, ils s'attendrissent. Le percevant, c'est au nouveau-né d'en être inondé à son tour. Un baiser entre amants a le même effet. Que la production de ce fluide magique se dérègle et c'est l'autisme ou la psychopathie. Quand on ne ressent plus rien pour autrui, on peut tuer sans remords. Les sentiments se traduisent en réactions chimiques, Anna.

Mes sourires n'ont jamais eu cet effet sur mes parents.

Face à l'Adriatique, je me laissai guider. Clélia m'effleura la nuque, provoquant un frisson, tout en m'embrassant. Comme une signature. Clélia me réconciliait avec la vie. La nature m'avait si peu favorisé que je ne pensais guère mériter un tel bonheur. Je me rappelle chaque détail. Je les emporterai dans mon abîme. À mon tour, j'ai saisi la main de ma bienfaitrice. Elle colla son corps contre le mien et une onde de chaleur se logea dans mon ventre. Elle portait des souliers dont la sangle était serrée au dernier cran et pourtant ses fines chevilles y flottaient. Elle était vêtue d'une robe parme, ma couleur préférée depuis ce jour. La blancheur de sa peau m'ensorcelait et son odeur m'enivrait. Le décolleté de son corset laissait apparaître ses côtes et depuis, j'aime les femmes à la maigreur émouvante. Elle nous a éveillés. Le monstre et moi.

Une petite anomalie... Une hormone nouvelle et dévoreuse. Un philtre d'amour un peu particulier qui ne le fait pas naître mais le vole.

Je ne pouvais plus quitter ses lèvres et ce n'était pas seulement mon cœur qui en décidait. J'absorbais tout. Je me nourrissais des substances de Clélia. Je volais les plus précieux trésors de son enveloppe corporelle jusqu'à la laisser exsangue. Je buvais ses fluides, dépossédant ma proie de tout ce qu'il y avait d'amour, de plaisir et de désir en elle. C'était un festin. Je cherchais dans son sang tout ce qui ressemblait à un sentiment amoureux. Libéré pour la première fois, mon pouvoir se régalait. La jeune fille regorgeait de ces mets. J'avais eu de la chance. Mon premier repas était délicieux. Lorsque nos lèvres se séparèrent, j'étais repu.

Avec le temps, j'ai appris à apprécier les mille et une variations de ces hormones qui entraient en moi par mon palais, imbibant mes papilles de leurs saveurs. C'est fascinant, Anna. D'un individu à l'autre, le stock d'amour et de plaisir peut être misérable ou immense, et je ne sais jamais si mon repas sera frugal ou copieux. Je peux apprécier les infimes variations de goût de ces liquides qui en font des aliments raffinés ou insipides. Je pourrais décerner des étoiles à leurs propriétaires. Il n'y a aucune règle, les meilleures tables peuvent se retrouver chez des individus repoussants et les pires sous une enveloppe séduisante. À chaque baiser, la surprise est totale, exaltante. L'amour de soi a un goût aigre et râpeux, celui de son enfant est sucré et abondant avec une pointe d'amertume car il s'éloignera, s'échappera, sera ingrat ; le meilleur est celui des amants, aux arômes complexes et épicés. Je t'en décrirai les mille facettes. C'est cette saveur que j'ai découverte dans le corps de Clélia. Ta saveur, Anna, exactement la même, ce qui est pourtant impossible. Ces fluides sont propres à chaque personne, comme des empreintes. Sur des milliards d'individus, il ne peut exister deux êtres disposant du même goût car cela supposerait qu'ils partagent les mêmes gènes et aient vécu la même vie. C'est inconcevable mais c'est le cas. Il y a plusieurs siècles, je me suis délecté de ton amour, comme un ogre.

Ce que je te décris n'est pas le fruit d'une imagination délirante. Je viole, par mes lèvres, les citadelles les mieux gardées. Mon hormone vorace s'introduit dans le corps d'autrui et extrait la sève de mes victimes pour s'en nourrir. C'est une transfusion forcée.

Qui n'a jamais rêvé de se remplir d'amour jusqu'à satiété, d'éprouver du plaisir à outrance, de n'avoir qu'à embrasser, pour que le désir vous inonde ? Je le peux, physiquement ; c'est un pouvoir dont même le diable est dépourvu, une malédiction dont il ne voudrait pas.

Certains êtres ont le don d'aspirer l'amour de ceux qui les entourent. Ils se nourrissent des autres sans rien donner en retour. Au cours des siècles, je les ai vus se multiplier, alors que l'amour remplaçait le devoir comme force structurante du monde. Ce fut aussi une conséquence de l'exil de Dieu et de ses commandements. Mon pouvoir est embryonnaire chez les humains mais plus développé chez certains. Casanova, dans cette même ville de Venise, a inauguré cette nouvelle race. Je suis l'aboutissement ultime de cette faculté adaptée au monde moderne. Un prédateur inventé pour équilibrer une force en expansion, le maître de légions qui subtilisent l'amour.

Mais ce n'est pas tout.

Lorsque notre baiser prit fin, Clélia était hébétée. Assommée et titubante. Je n'allais guère mieux. J'avais provoqué des réactions en chaîne dans nos deux organismes. Plutôt que de me porter au paroxysme du bonheur, ce moment se concluait sur une étrange musique. Mon inexpérience des choses de l'amour en masquait l'anormalité et j'imputais notre malaise à l'émotion de notre rencontre.

Tant bien que mal, j'ai pu raccompagner Clélia chez elle sans que celle-ci parvienne à prononcer d'autres mots. Je me dirigeai ensuite vers la maison von Gott mais, à mi-chemin, saisi de convulsions, je m'effondrai en crachant du sang. C'est au petit matin que l'on m'a retrouvé, gisant au bord du Grand Canal.

J'ai été transporté à l'Ospedale di San Lazzaro dei Mendicanti, l'un des quatre grands hôpitaux de Venise, au milieu des prostituées rongées par la syphilis, des vieillards agonisants et de quelques lépreux. C'est là que mes parents me retrouvèrent, douze heures plus tard. Un jeune médecin plein d'assurance me donna pour mourant après avoir entendu mon cœur battre à tout rompre alors que des spasmes me soulevaient. Lavinia fit venir son confesseur pour les sacrements. Cesare voulut m'éloigner de ce sinistre lieu et me soigner à demeure mais le corps médical décréta que tout transport serait fatal. Mes parents n'étaient pas étonnés. J'avais développé tant de maladies que cette issue leur semblait inévitable mais ils me veillèrent sans relâche.

J'ai repris connaissance quarante-huit heures plus tard. Ma première sensation fut cette pénible démangeaison sur mon visage auparavant glabre. Portant la main à mes joues, je m'aperçus que des poils les recouvraient. Ce ne fut pas ma seule surprise. Mon eczéma avait disparu, de même que ma myopie, et je ressentais une force surnaturelle dans des muscles dont je ne soupçonnais pas l'existence. La vie explosait en moi. Je ne m'étais jamais senti aussi bien. Le plus étonnant était mes sens. Exacerbés. J'entendais chuchoter à l'autre bout de l'hôpital et reconnaissais le parfum de l'infirmière du matin, celle à la lourde poitrine, sur la blouse du médecin du soir. Je crus devenir fou en constatant que la cicatrice au menton héritée de mon sauvetage sur le toit n'y était plus. J'étais comme neuf.

Mon pouvoir ne se limitait pas à piller de précieuses substances, il les métabolisait pour me réparer, me régénérer, m'améliorer. Il a fallu des décennies pour que j'en saisisse les possibilités.

Ma première pensée fut pour Clélia. Je brûlais de l'embrasser encore. Ce désir me consumait et je m'inquiétais qu'après trois jours sans nouvelles de ma part, elle puisse se croire abandonnée. Je priai mes parents, honorablement connus, de bien vouloir informer sa famille du sérieux des motifs de mon indisponibilité. Je les implorai de s'exécuter sur-le-champ et leur dis que mon complet rétablissement en dépendait. Je ne leur avais jamais parlé avec autant d'intensité. Touché par mon émotion, mon père s'y engagea.

Il revint trois heures plus tard et son embarras était visible. Il me conta ce qu'il avait appris de la bouche du père de la jeune femme, un honnête médecin, marié à une couturière de talent dont le hasard voulait qu'elle travaille dans un des ateliers de confection de Cesare.

Clélia ne s'était jamais autant nourrie. À ce rythme-là, elle serait bientôt dodue. Pour son père, le premier jour fut un enchantement et, comme il se l'était promis dans ses prières, il brûla cent cierges pour remercier le ciel d'avoir délivré sa fille de sa mystérieuse maladie. Il déchanta dès le jour suivant.

La pauvre enfant restait silencieuse, indifférente à ses parents comme à toute sollicitation. On aurait dit un automate. Son père la supplia de parler, de s'expliquer, de lui dire ce qu'elle avait subi au cours de cette journée où tout avait changé mais elle le regardait comme un étranger. Sa mère pleura, la secoua et, à bout de nerfs, la gifla. Clélia, son soleil, la douceur incarnée, lui sauta à la gorge et il fallut que son époux la retienne. Le soir, elle avala un demi-poulet et le médecin regretta le temps où elle manquait d'appétit.

Plus tard, je compris que Clélia avait cessé d'aimer sa souffrance et qu'un trou noir en avait pris la place. Sa force de gravité était irrésistible. Aucune lumière n'y échappait. Il aspirait la personnalité de ma victime, la laissant sans repère. Les névroses de la jeune femme, qui donnaient un sens à sa vie, avaient subitement disparu. Elle errait en elle-même, y trouvait de la peur, de la colère, de la tristesse ou de la faim mais plus un soupçon d'amour de soi, d'autrui, des choses de la vie. Non seulement je l'avais dépossédée de cette palette d'émotions mais j'avais tellement puisé en elle que ses centres de production s'étaient calcifiés.

Alors qu'une énergie nouvelle m'éveillait, à quelques lieues de moi, Clélia se jeta dans le vide.

La belle avait embrassé la bête, la transformant enfin en humain mais dans cette version de l'histoire, elle y perdait la vie. Ce fut mon premier assassinat.

Le récit de Cesare plongea mon cœur dans l'acide.

Je demeurai muet, pétrifié par cette annonce. Au-delà de mon désespoir, je ne saisissais pas comment l'objet de mon exaltation avait pu traverser des ténèbres si profondes qu'elles l'aient amenée à ce geste alors que je pensais mon allégresse partagée. S'était-elle inquiétée de ma disparition en imaginant que je m'étais joué d'elle ? Avait-elle d'autres engagements ? Notre rencontre avait-elle provoqué un bouleversement de son état déjà précaire ? Dans tous les cas, sa disparition avait un lien avec notre romance.

Depuis ma naissance, je n'avais eu droit qu'au malheur. Quand enfin je sortais de l'ombre, à peine avais-je découvert la douceur que le ciel m'en privait. Je ressentis un sentiment nouveau : la rage. Ma résignation d'antan se mua en révolte. Ma colère avait la pureté d'un sentiment virginal. Je ne percevais plus la présence de mes parents ni celle des malades ou du personnel médical. Je me dirigeai vers le monumental Christ en croix qui dominait cette cour des miracles. J'ai chuchoté puis hurlé en fixant le fils de Dieu. La même phrase, répétée à l'infini. « Je te maudis. »

J'ai saisi les pieds sanglants du Christ et l'ai arraché du mur avant de le fracasser à terre. Il fallait une force surhumaine pour le desceller. Une violence inouïe s'emparait de moi. Je m'acharnai à massacrer la statue. Mon sacrilège accompli, je m'effondrai sous le regard terrifié de mes parents.

Lavinia y vit l'œuvre du démon et rappela le prêtre qui m'avait délivré les sacrements pour que, cette fois, il m'exorcise. Le jeune médecin arrogant s'empressa de me renvoyer chez moi après que l'hôpital eut été dédommagé par Cesare.

Je me suis réveillé dans ma chambre, le lendemain, endurant d'atroces souffrances. Il ne s'agissait pas d'une douleur causée par la perte de l'être aimé mais d'une souffrance physique aiguë. Il faut avoir connu la désintoxication des drogues les plus dures pour entrevoir ce que je traversais. Mais le pire était que je n'avais aucune idée de ce dont je manquais.

Un monstre tapi dans mon estomac s'agitait. Son hibernation terminée, il avait été nourri et en redemandait. Il criait famine. J'alternais les chutes de tension et les épisodes de delirium. Des migraines transperçaient mon esprit qui projetait des insectes géants autour de moi, prêts à me dévorer. J'envisageais de me frapper la tête contre les murs jusqu'à la fendre en deux pour que cela s'arrête. Le sentiment de manque devenait obsessionnel. En quelques jours, j'étais tombé amoureux, ce qui était impensable, ce sentiment semblait avoir été partagé, ce qui l'était davantage encore, j'avais été terrassé puis guéri miraculeusement, mes affections avaient disparu, Clélia s'était suicidée sans explication, j'avais ressenti une vigueur animale et éprouvé des sensations extraordinaires. Je ne vivais plus dans les livres mais avec incandescence.

Une certitude me gagna. Clélia était morte ainsi. Nous avions contracté un virus. D'ailleurs, nous avions tous deux éprouvé le même malaise après notre baiser. Ce germe rendait fou et obligeait au suicide. C'était mon tour et je commençais à considérer la chose, seul espoir que la douleur cesse. L'explication était cohérente et je m'étonnais que ce mal étrange m'ait guéri de tout pour mieux me tuer.

La nuit était venue et tous les nuages d'Europe semblaient s'être retrouvés à Venise.

Je suis sorti de ma chambre, impatient d'en finir. Il fallait se donner du courage. Dans le salon, je bus un verre d'eau-de-vie, puis deux, puis la bouteille entière. Je n'avais jamais bu d'alcool auparavant et je sombrai sur un tapis persan.

Mon plus grand regret, Anna, est de ne pas en avoir terminé ce soir-là. Si j'avais su ce que j'allais accomplir, je me serais supprimé sans tarder. Après cette nuit, ma nouvelle puissance me poussa à vivre et jeta son ombre sur mon âme.

Je me suis réveillé quelques heures plus tard ayant, je ne savais comment, déjà récupéré de mon ivresse. Le manque n'avait pas disparu ; j'étais affamé. Dans les vapeurs de la nuit et de l'alcool, une force invincible me dirigea vers la chambre de Lavinia.

Celle-ci dormait profondément. Je me suis approché, envoûté par une pulsion tyrannique. J'ai placé mon visage au-dessus de celui de ma mère et senti son souffle, si familier et, pour la première fois, troublant. Ses traits s'étaient durcis avec le malheur mais le sommeil lui redonnait sa douceur. À quelques centimètres d'elle, je remarquai un discret grain de beauté à la commissure des lèvres. L'envie qui me suppliciait était la plus étrange jamais éprouvée. Résistant à l'insanité, je retrouvai mes esprits et m'éloignai un peu. Mais cette force était trop puissante. Je n'ai pu retenir mon désir.

Mes lèvres ont effleuré celles de Lavinia, tièdes et soyeuses. Mes lèvres sont les portes de mon pouvoir. Le souvenir incestueux du plaisir éprouvé me hante depuis des siècles car je sais qu'il était le mien, pas celui du monstre. J'ai aimé embrasser ma mère dont j'avais tant attendu l'amour. J'avais appris à me nourrir. Les besoins primaires trouvent toujours leur chemin. La vie est si forte, Anna. Forte et amorale. Elle développe des stratégies insensées pour triompher.

J'explorais Lavinia. Cette fois, j'eus conscience du crime dont je me rendais coupable. L'horrible sentiment de manque disparaissait et le calme me gagnait au fur et à mesure que je m'abreuvais en elle. Je m'emparais d'une part de cette femme et la savourais. J'étais horrifié mais ne pouvais me séparer d'elle. Ma mère ne resta pas inerte. Saturée des hormones de plaisir et d'amour que j'avais activées pour mieux les dérober, elle me dévorait. Passionnément. Ses mains se posèrent sur mon visage. J'en avais tant rêvé. Je ne sais si elle était lucide.

Ce que je découvrais en me nourrissant de l'amour de cette femme me sidéra.

Le cerveau crée des neurones en permanence, Anna. Il les spécialise selon l'utilité. Certains animaux disposent d'un odorat cinq fois plus développé que celui d'un humain. Les félins possèdent une vision nocturne, les requins détectent les moindres signaux électriques et les chauves-souris perçoivent le mouvement d'infimes insectes. Un sens nouveau est né en moi, adapté au pouvoir qui était apparu. Il apprécie les saveurs de l'amour volé.

Je me suis nourri à des centaines de sources depuis Clélia, mais n'ai jamais trouvé autant d'amour que dans le corps de ma mère. Lavinia, devenue si distante et froide, n'avait pas cessé d'aimer sa mère. Ce mets-là avait la saveur charbonneuse d'une trop longue cuisson. Je dérobai aussi l'amour que Lavinia éprouvait toujours pour mon père, minéral comme de profondes racines. Je perçus ensuite des arômes acides et addictifs qui évoquaient le pamplemousse et les oranges : les arômes de son amour pour Adriana et Federico. Je finis mon périple à la source la plus étendue de ce sentiment. L'amour que j'y trouvais était crémeux, onctueux. Son goût était laiteux et relevé de miel mais il était gâché par une sorte de bile que produisait la peur. Cet amour, c'est pour moi qu'elle l'éprouvait.

Elle ouvrit les yeux et je la regardai, bouleversé. Lavinia n'avait fait que se protéger. Sachant qu'elle ne pourrait survivre à un nouveau malheur, elle avait cultivé la mélancolie de ses enfants morts, ce qui était sans danger, au détriment de son fils, que le sort pouvait à son tour enlever. En réalité, il n'y eut pas un jour où, en cachette d'elle-même, sa passion pour moi ne décupla. Si seulement j'avais su. Je ne ressentirais jamais cet amour. Je venais de le détruire.

J'ignorais si ma mère se souviendrait que je l'avais violée. Je découvrais à peine mon pouvoir. Je redoutais aussi que le sort de Lavinia soit identique à celui de Clélia. Je devais quitter Venise sans tarder. Disparaître de ce monde. Mon corps s'était habitué et je n'éprouvais, cette fois, aucun malaise. Une énergie inconnue coulait dans mes veines. Je dérobai ce que je pus de l'or de mon père. Dans son bureau, je m'arrêtai devant un miroir, terrifié. Je ne parvenais pas à me convaincre qu'il s'agissait de ma propre image. J'étais transfiguré.

On dit que si l'on comptait la totalité des hommes depuis leur apparition, on parviendrait au chiffre de cent dix milliards. Excepté dans les livres, aucun d'eux n'a connu une telle métamorphose.

Adrian von Gott avait cessé d'exister. Mon passé est devenu irréel. Je m'en étais tant éloigné qu'il s'effaçait. Sans bruit. Je me suis éclipsé dans les ruelles de Venise, vers le port. J'éprouvais une peine immense pour Cesare et Lavinia. Sans la moindre raison connue, le destin s'était acharné sur eux avec une rare créativité et le hasard avait transformé des êtres bons en parents d'un démon. Certes, ils s'étaient lamentablement acquittés de leurs devoirs familiaux mais ils ne méritaient pas cela. Je n'ai appris leur sort que bien plus tard.

Cette nuit-là, j'ai connu l'amour et l'immortalité, avec les ténèbres entre les deux. L'immortalité qui se nourrissait d'amour. J'ai su que je venais de me damner.

Ma nouvelle vie pouvait débuter.

DEUXIÈME VOLUME

1.

Journal d'Anna Brown
New York, 26 novembre 20--

Mon père était pasteur. Il avait un don pour soigner les âmes. Le meilleur des pères. Tendre, drôle et gentil. Il n'avait que deux défauts : Lucas Brown ne pouvait s'empêcher de coucher avec ses paroissiennes et il n'était pas fichu de le dissimuler. Je crois que si ma mère, qu'il aimait malgré ses trahisons, n'avait pas été bipolaire, il aurait fait pire. Je la voyais en souffrir mais mon père me faisait rire. Le rire a un accès direct au cœur. Un accès si puissant qu'il en est injuste.

Quand elle s'occupait de moi, c'est-à-dire rarement – les médicaments étaient moins efficaces qu'aujourd'hui –, ma mère me répétait une phrase tout en regardant son époux : « On aime la personne qui nous fait peur, c'est la seule manière de dépasser ce que l'on n'a pas réglé. »

Adrian fait peur. Tout est mystère autour de lui. Son être est un danger lancinant. Son corps est indécent de perfection, son ambiguïté fait vaciller. Il semble chasser en permanence. Il est doux, courtois mais il faudrait être sourd et aveugle pour ne pas ressentir sa sauvagerie. Son regard gris, d'une anormale profondeur, porte au-delà de vous, comme s'il avait vécu mille vies.

Il fait peur parce qu'il n'y a ni mensonge ni vérité en lui. Depuis toute petite, j'aime mentir. Pour rire, pour me protéger ou ne pas accabler, pour le plaisir d'inventer, pour embellir le monde ou jouir d'éprouver le pouvoir des mots. J'aime le mensonge et la vérité. Je crois que l'on ne parvient à la vérité qu'en traversant des forêts de mensonges, même à l'intérieur de soi. Autour d'Adrien, il n'y a ni chênes ni buissons. Il ne ment pas. Il cache ce qu'il est mais ne ment pas. Et je ne perçois aucune vérité en lui ; il est au-delà. S'approcher de lui, c'est avancer dans le noir, dans l'obscurité de sa lassitude.

Je crois qu'il ne me fera pas de mal, mais il y a de l'inhumain en lui.

Alors j'ai cherché qui il était.

Il est impossible que la vie d'une personne à ce point singulière n'ait laissé aucune trace, pourtant c'est le cas. Pas un article, pas un faire-part ; sa maison appartient à une société mais lui n'apparaît sur aucun registre d'Amérique, pas un document mentionnant son nom, nulle référence dans un journal universitaire ou dans le bottin des soirées mondaines, pas de profil ou de commentaire sur les réseaux sociaux. Rien. Adrian Gott n'existe pas. Tout juste ai-je trouvé la mention d'un Adrian von Gott au XVIIIe siècle à Séville. Le malheureux avait été accusé de sorcellerie mais l'histoire ne dit pas ce qu'il est advenu de lui. Bref, soit ce n'est pas son vrai nom, soit c'est un fantôme.

Notre histoire a débuté il y a un mois. J'étais sur le pont de Brooklyn, décidée à clore ma courte histoire. La veille avait eu lieu la première représentation du *Crépuscule des dieux* au Metropolitan. Ce devait être mon couronnement. Depuis l'âge de quatre ans, j'ai affligé et affamé mon corps pour la danse. J'avais arrêté de prendre mes pilules et tout allait bien. L'embarras du lithium, c'est qu'il alourdit les pas chassés, les pointes et les sentiments. Mes premières hallucinations sont apparues quand Fenrir, le loup dévoreur d'Odin, est entré sur scène. J'ai hurlé jusqu'à couvrir la musique de Wagner, certaine que la bête gigantesque s'apprêtait à saisir ma gorge. J'ai perdu mon emploi et mes rêves.

Sur le pont, il y avait un homme brun et élégant. Il me fixait. Son regard m'a accrochée, comme si nous nous connaissions. C'est là, à la frontière de la mort, que je l'ai rencontré.

Il s'est avancé lentement – il glisse autant qu'il marche –, m'a tendu la main et avec douceur m'a dit qu'il ne me laisserait pas faire. J'ai saisi sa main et sans m'en rendre compte, j'y ai enfoncé mes ongles jusqu'au sang.

2.

Journal d'Anna Brown,
New York, 27 novembre 20--

Il y a un mois, j'ai voulu mourir. Aujourd'hui, je veux regarder ma vie s'écrire pour ne pas l'oublier. Tenir un journal est un narcissisme hypocrite ; le narcissisme ne me gêne pas, l'hypocrisie, si. On n'écrit pas pour soi-même. On ne se l'avoue pas, mais on nourrit l'espoir d'être lu un jour, ne serait-ce que par la postérité. On écrit pour tromper l'ennui de nos vies en s'inventant une existence passionnante, en se créant un personnage. Mais il y a une hypothèse que je n'avais pas envisagée : la crainte que la mémoire s'efface. Ce journal, je le conçois pour moi-même et non pour autrui car je crains de perdre la raison. Peut-être est-ce une nouvelle manifestation de mon trouble. Je l'espère mais je pense que cela vient d'Adrian. Je sais maintenant qu'il n'y a que désolation dans son sillage. J'écris aussi pour alerter.

Adrian ne semble pas aimer les ballets. Il s'est endormi devant *Le Sacre du printemps* au Lincoln Center, il y a quelques jours. Un sacrilège. Je l'ai embrassé dans son sommeil et… je ne sais pas quels mots employer pour décrire ce que j'ai ressenti.

J'ai été transportée dans un songe, perdant le fil de ma mémoire. J'ai été souffrante deux jours. Il m'a couchée et veillée. J'ai été plongée dans une sorte de catatonie. Un effacement. Une immersion dans l'horreur de ce que doit être une vie humaine végétative. Le pire des cauchemars. J'ai fini par recouvrer mes esprits.

Je me souviens d'un livre dans lequel une jeune femme, Sarah, est atteinte d'un mal étrange. Chaque jour, elle rajeunit d'une journée. Quand elle s'en aperçoit, elle enregistre quotidiennement ce qu'elle se rappelle de sa vie, pour l'entendre le lendemain. Je veux garder une trace de chaque jour passé avec cet homme à la beauté effrayante.

Trouver quelques feuilles n'a pas été facile dans cette demeure. J'en ai profité pour l'explorer, une nouvelle fois, alors que je m'y trouvais seule. La bibliothèque doit comporter des milliers de livres anciens et rares. La seule passion de mon imbécile de frère étant de dénicher ce genre d'ouvrages, je sais qu'il ne doit pas exister plus de deux ou trois collections privées aussi importantes. La décoration de chaque chambre répond aux normes d'époques différentes. L'une est Art déco, l'autre de style Empire. La plus grande, sa chambre à coucher, est parme, ma couleur préférée. Dans un couloir, un homme à tête de cerf semble discuter avec une armure, sous le regard d'un Magritte. Une des plus belles pièces est entièrement dédiée à un bout de livre décrépit, sous verre, probablement son plus précieux trésor mais je ne suis pas parvenue à l'identifier. Le tout compose une sorte de tableau néogothique. Je n'ai pu accéder à son bureau, toujours verrouillé, mais j'ai fini par trouver de quoi écrire.

Nous parlons de tout, comme des enfants, passons des journées à comparer opéras ou livres, à visiter des musées ou à écouter des concerts. Il me lit la poésie de Shelley et de Keats. Son œuvre préférée est l'*Ode à un rossignol*. Sur tous les sujets, il semble disposer d'un savoir encyclopédique, non parce qu'il a appris mais parce qu'il a vécu. Il s'exprime avec son cœur, pas comme un livre. Nous avons traversé New York, déjeuné, erré, découvert Harlem que je ne connaissais pas. Nous sommes une évidence l'un pour l'autre.

Il veut tout savoir de moi et me pose mille questions. Il a dû me prendre pour une folle quand le premier souvenir évoqué sur ma mère fut sa phobie des chaussures. De fait, je ne l'ai jamais vue en porter. Elle disait que c'était un choix de liberté, que la vie n'était pas la même si l'on enfermait ses pieds, qu'il ne fallait rien faire que l'on ne puisse accomplir déchaussé, que c'était le secret pour vivre en harmonie avec la terre. Ses pieds étaient fins et parfaitement dessinés. Les miens auraient peut-être été ainsi sans la danse. Ce qu'elle m'a légué avec certitude, c'est sa maladie. Puis, je lui ai parlé de mon père qui, à chaque anniversaire, m'offrait des peluches d'éléphants toujours plus grosses. Ces animaux me fascinent.

Moi aussi j'interroge Adrian. Il donne l'impression de répondre mais semble avoir fait sienne le devise du cardinal de Retz sur les avantages de l'ambiguïté. Je n'insiste pas. Contraindre une personne à révéler ce qu'elle cache est une atteinte à son intégrité. Ne le supportant pas pour moi-même, j'essaie de ne pas l'infliger aux autres. Pour autant, je suis curieuse et enquêter, c'est autre chose que de forcer un aveu. Je n'aurai de cesse de savoir qui il est.

Le cinquième jour, nous avons écumé les galeries d'art de Chelsea. Sans nous apercevoir que la nuit tombait, nous avons bifurqué sur la 14e Rue, jusqu'aux rives de l'Hudson. C'est là que nous nous sommes embrassés pour la première fois.

Ce fut un délice. Ses lèvres avaient un goût connu. Cette même impression que celle ressentie sur le pont. C'est étrange et touchant mais à chacun de nos baisers, je le sens inquiet. Nous sommes restés longtemps au bord du fleuve. Il me regardait comme s'il craignait pour ma vie avant de me dévorer à nouveau. Il m'a dit que mes baisers avaient une signature. Les siens aussi et c'est indéfinissable. Je me sens pénétrée plus profondément que par mon ventre, dépossédée d'un soupçon de moi et cette sensation est divine. Lorsque nous sommes rentrés, je pensais qu'il me prendrait. L'attente des jours précédents avait créé une tension merveilleuse. J'étais fébrile et impatiente. Il m'a raccompagnée jusqu'à ma chambre et m'a souhaité bonne nuit sans la moindre hésitation. Imaginait-il seulement ma frustration ? J'aurais dû me douter qu'un homme si particulier ne se comporterait pas de manière habituelle.

Le lendemain, il a dû s'occuper de ses affaires. Depuis, il s'absente. Les premiers jours, il revenait après deux heures, puis trois et, cette semaine, je ne l'ai vu qu'aux lueurs de la lune.

Je crois que le « grand amour » est celui qui change le cours de nos vies intérieures, celui dont on sait qu'il nous habitera jusqu'à la fin, celui que l'on ne maîtrisera jamais, celui qui nous fait jouir différemment. Adrian se trouve à cet endroit de moi, depuis toujours. Je le sais dans chacune de mes cellules. Lorsque deux atomes ont été liés puis séparés, même par des continents, les changements d'état de l'un agissent sur l'autre. Les physiciens appellent cela l'intrication. Dans un autre univers ou dans les ténèbres de ma folie, je connaissais cet homme avant de le rencontrer. Nos matières sont liées.

J'ai commencé mes recherches quelques jours plus tard. Ses absences m'en ont laissé le temps. Je ne craignais pas de découvrir des horreurs ou des perversions, au contraire. Je lui aurais dit les connaître et ne pas moins l'aimer. Ainsi je lui aurais prouvé mon abdication. Je me suis forcée à imaginer les hypothèses les plus effroyables. Certaines m'excitaient ; d'autres me répugnaient ; mais j'étais loin de la réalité…

Adrian est arrivé aux États-Unis il y a deux ans. J'ai reconstitué une partie de son parcours. Je crois que cet homme est le diable ; chaque jour pourtant, je l'aime davantage. Je ne serai pas sa victime. Je peux tout supporter, mais je préférerais encore me donner la mort plutôt que de me vivre en victime. Il est temps de lui parler.

3.

Journal d'Anna Brown,
New York, 29 novembre 20--

Des bruits sourds proviennent du sous-sol, sans doute des travaux de la ville. Pour m'en distraire, j'écoute Purcell sur un antique tourne-disque. Je n'ai rien trouvé de plus moderne. Je découvre le charme de la musique grésillante.

Je crois qu'Adrian me veille chaque nuit. Mon sommeil est anormalement lourd mais je ressens sa présence. Les heures passées avec lui sont hors du temps. Je sais ma vie en danger à ses côtés mais ma vie, il y a peu, je n'en voulais plus. Au moins aurai-je vécu, vraiment vécu. Sur mon chemin d'existence, je sais être à ma place et cette certitude endigue la peur que je devrais ressentir. Peut-être suis-je rassurée, aussi, parce qu'il se comporte avec moi à l'inverse de ses autres relations.

Selon mon père, pour pénétrer une âme, on doit trouver le bon fil. Après c'est facile. Il faut juste faire le choix pertinent, sinon c'est l'impasse. C'est ainsi que je débutais, cherchant l'indice qui me placerait sur la bonne piste, ce qui était d'autant plus délicat qu'Adrian devait rester dans l'ignorance de mes investigations.

Il me sauvait, m'accueillait, m'aimait et je violais son intimité. J'avais une circonstance atténuante : comment ne rien savoir de la vie de l'être aimé ? Pour le cœur, l'espionnage, c'est la certitude de la souffrance mais je pensais mon sentiment si profond qu'il se jouerait du malheur. Vanité.

Je me suis décidée huit jours après notre rencontre. J'ai fouillé la maison, trouvé quelques factures, deux numéros de téléphone griffonnés sur des bouts de papier, une dédicace ambiguë dans le livre d'une romancière. Rien de plus. Je ne connais personne ayant, dans sa demeure, aussi peu d'éléments sur soi. Le soin qu'Adrian apporte à se dissimuler aiguisa ma curiosité. À l'évidence, tout était dans le bureau. La seule pièce fermée par une lourde porte blindée. Si mon fil existait, c'est là qu'il se trouvait. La porte était infranchissable mais j'avais remarqué que le bureau se trouvait au-dessus de la cuisine où se situait un monte-plats. La maison avait dû être restructurée à plusieurs reprises. Avec un peu de chance, ce serait assez large pour qu'une danseuse menue puisse se hisser d'un étage à l'autre. Il m'a fallu une heure pour faire coulisser les portes guillotines coincées par la rouille. Je me suis engagée dans le puits noir. J'avais environ trois mètres à escalader jusqu'à l'ouverture donnant sur le bureau. Il suffisait de se munir de gants et de se hisser par la courroie du monte-charge. Restait à savoir si celle-ci tiendrait. Je pèse moins de cinquante kilos mais le vieux câble métallique pouvait céder et on me retrouverait le cou brisé dans une cabine de cuisine... Une fin peu glorieuse. Le risque qu'Adrian me surprenne en pleine action n'existait pas. Par délicatesse, il appelait toujours pour me prévenir de son retour. Je me suis engagée dans le trou noir, munie d'une lampe accrochée à mon bras. Je ne passais pas, même en forçant. L'épaisseur d'un pull et d'un jean. Je les ai troqués pour un justaucorps, des collants et des chaussons de danse. À ma deuxième tentative, je parvins à me faufiler. Le câble grinçait dangereusement. À mi-chemin, une pièce de fonte s'est détachée de la structure supérieure, manquant m'ouvrir le crâne. Je jurai que si je sortais vivante de ce trou, je n'y retournerais sous aucun prétexte. Ce serait ma seule chance de percevoir la vérité de cet homme devenu le centre de ma vie. Parvenue au niveau de la trappe du bureau, je craignis que celle-ci soit condamnée, mettant un terme prématuré à ma carrière de Mata Hari. La trappe s'est ouverte. J'ai découvert son jardin secret.

Le bureau d'Adrian est une caverne magique. Des dizaines d'œuvres d'art y sont négligemment disposées. Des statuettes africaines, des porcelaines, un Goya devant une statue d'ours blanc. Dans un coin, un mannequin vêtu d'une robe de bal et au centre, un ange de verre, rouge sang, face à une princesse peinte par un enfant. Le bureau lui-même est en acier noir, aux formes arrondies et douces, et ses pieds se prolongent en arbre sur deux mètres. La pièce, tamisée, ne semble être éclairée que par un immense chandelier de pierre. Je suis restée figée, émerveillée, certaine que le créateur de cet univers ne pouvait être qu'une âme divine. Devant tant de beauté, j'eus honte de mon effraction.

Ce bureau lui ressemble. Envoûtant et inquiétant. Je me sentais coupable mais je voulais en savoir plus. J'ai ouvert un premier tiroir.

Allan Durand, Lorenzo Frailloli, Alexis Slatine… Il y avait plus de dix passeports aux noms différents mais à la photo identique. Dans un second tiroir se trouvaient les registres d'une centaine de sociétés immatriculées au Liechtenstein, aux Bermudes, à Singapour et une même signature surmontée d'un sceau représentant un lion de saint Marc, barré des lettres AVG, ce qui laisse supposer une origine vénitienne. Je trouvai aussi des relevés de comptes de banques exotiques sur lesquels transitaient des sommes faramineuses. Les lettres d'amour de ses conquêtes me confirmaient qu'il n'était chaste qu'avec moi, et celles d'avocats, qu'il était à la tête d'un empire où il n'apparaissait jamais. Jusque-là, Adrian pouvait être un financier génial recherché par quelques pays. C'est la boîte en émaux ornée de rubis que je n'aurais pas dû ouvrir.

Il y en avait des centaines. Des articles de journaux datant parfois de plus d'un siècle, de tous pays, découpés avec soin. La plupart était des faire-part de décès. D'autres étaient des nécrologies, essentiellement de femmes, et là, j'en apprenais davantage. Les défuntes étaient pour l'essentiel des suicidées. Elles s'étaient illustrées par un brusque changement de comportement et certaines étaient décrites comme enragées. L'homme que j'aimais collectionnait des articles consacrés à des femmes s'étant donné la mort sur plus d'un siècle. Dans cette boîte se trouvaient aussi deux photos, très vieilles, représentant probablement le grand-père et le père d'Adrian avec leurs épouses respectives. Je peux être formelle sur le lien familial d'Adrian avec les deux hommes tant la ressemblance était grande.

Adrian Gott semblait être un esthète milliardaire obsédé par le suicide – mais je ne savais rien de plus sur lui. Plusieurs heures s'étaient écoulées lorsque je reçus l'appel annonciateur de son retour. J'avais à peine le temps de redescendre dans mon puits en espérant que le câble me supporterait et de gagner ma chambre. C'est alors que je remarquai une autre boîte, en ébène, nacrée. Je l'ai ouverte avec appréhension ; elle contenait le fil recherché.

4.

Journal d'Anna Brown,
New York, 30 novembre 20--

J'ai à peine eu le temps de me changer. Prétextant une indisposition, je suis restée alitée et il m'a déposé mon repas. Je n'ai jamais vu un homme à ce point troublé par l'annonce d'un état nauséeux. Après l'avoir rassuré et renvoyé dans sa chambre avec des mots d'amour, j'ai pu étudier mon butin. Un procès-verbal d'audition d'un certain Darius Pilgrim dressé par une enquêtrice de la SEC, l'agence spécialisée dans la poursuite des infractions boursières. Ce nom figurait sur l'un des passeports.

L'audition, tendue, a eu lieu il y a quelques mois. L'agent fédéral, Judith Ackerman, n'est pas tombée sous le charme d'Adrian. Il y avait peu de chances qu'elle l'alerte sur ma curiosité.

J'ai appelé cette femme le jour suivant. Au nom de Pilgrim, elle m'a donné rendez-vous dans un café de Soho, en fin de journée. Je l'ai revue à deux reprises, lui relatant ma rencontre sur le pont avec celui qu'il me fallait appeler Darius, notre histoire, mes craintes, l'espionnage et le procès-verbal trouvé. J'ai bien sûr omis d'évoquer les passeports, les registres et les articles découpés. J'ai menti le moins possible. C'est ainsi qu'il faut procéder quand on veut être cru. Elle a accepté de me parler. Je crois qu'elle en avait besoin. Après un long silence, elle s'est lancée : « Cette affaire m'a été retirée et classée… c'est le seul échec de ma carrière. Autant vous prévenir… Sauvez-vous ! » J'étais sûre qu'elle le pensait mais je la soupçonnais de chercher à me soutirer des renseignements pour convaincre ses supérieurs de rouvrir son enquête.

Judith est une belle et grande femme aux yeux intelligents, approchant la quarantaine. Investigatrice redoutable, les dossiers les plus difficiles de son service finissent invariablement sur son bureau. Une terreur avec un sourire d'enfant. Le cas de Darius Pilgrim lui a été confié à la suite d'une plus-value pharaonique réalisée par une société panaméenne ayant misé à la baisse sur le cours d'une compagnie pétrolière. Une semaine plus tard, un procès d'envergure contre cette compagnie était annoncé en une des journaux. Des milliards d'indemnisation étaient réclamés et un procureur spécial désigné pour enquêter sur une des pires pollutions de la décennie. Le cours de la Bourse s'est effondré.

Le secret bancaire n'étant plus ce qu'il était, il ne fallut pas longtemps pour que le gouvernement américain obtienne le nom de l'heureux bénéficiaire caché derrière la société de paille et son adresse à New York. L'enquêtrice tenta de croiser des données qui pourraient établir un lien entre Pilgrim et la compagnie pétrolière mais elle ne trouva rien. Pas le moindre indice. Judith était persuadée de l'existence d'une malversation et ne supportait pas que l'on puisse gagner autant d'argent en trichant. C'était une perversion du système et elle était là pour l'empêcher. En dernier lieu, Darius Pilgrim fut convoqué pour s'expliquer sur son incroyable flair boursier. Judith me raconta ainsi l'entrevue : « À l'instant où il s'est présenté, j'ai ressenti une terreur animale. J'ai toujours eu l'intuition du danger. Pilgrim était trop parfait. Par chance, je n'ai jamais aimé les hommes beaux. Il était irréprochable, d'une extrême douceur, cultivé et brillant. Ses réponses étaient millimétrées, il avait toujours une longueur d'avance. Il n'apparaissait pas dans les banques de données fédérales, même pour une contravention. Un nouveau-né, sans passé, mais ce n'est pas un délit. Pas plus que sa manière de plonger en moi lorsqu'il me regardait. Je sentais ses capteurs me sonder en tous sens pour trouver une faille. Cet homme, à l'évidence, était bien plus qu'un collectionneur de livres rares. Je le sentais aux aguets. Un innocent ne se comporte pas ainsi. Un innocent n'est jamais aussi maître de soi. L'audition a duré six heures et il n'a pas commis la moindre erreur. Je n'avais rien contre lui sauf la certitude de sa dangerosité, et pas qu'en matière financière. Il fut bien obligé de me livrer quelques renseignements utiles à mon enquête.

Mes interrogations sur son emploi du temps le jour de la transaction l'ont contraint à me révéler le nom d'un restaurant, ce qui me permit d'identifier sa compagne du soir, une avocate nommée Adèle Gladstone. Elle accepta de me recevoir. Darius Pilgrim était un amant parmi d'autres mais… pas comme les autres. »

S'interrompant, l'enquêtrice sembla confuse et me demanda, en rougissant, s'il n'était pas inconvenant de sa part d'évoquer ses anciennes maîtresses. Je lui ai répondu que l'on devrait toujours s'intéresser aux précédentes relations de l'être aimé. Elles renseignent sur ce qui a été apprécié et ce qui a lassé. Soulagée par mon sourire plus que par ma réponse, elle poursuivit :

« Adèle n'était pas vraiment jolie. Son nez était irrégulier, son visage banal, ses hanches un peu trop larges et pourtant sa sensualité ensorcelait. Elle irradiait la sexualité sans une once de vulgarité et en avait pleinement conscience. Issue de la grande bourgeoisie de la côte est, elle avait rencontré Darius lors d'un gala de charité et l'avait abordé, provoqué et entraîné chez elle. Elle ne savait rien de lui sauf qu'à chacun de ses baisers, il semblait libérer son besoin d'être utilisée. Elle avait découvert ce qu'elle ne faisait que soupçonner auparavant : elle aimait que l'on use d'elle comme d'un objet. Avec sévérité. Elle l'assumait et le racontait avec bonheur. Elle avait toujours été libre mais au contact de Pilgrim, son appétit et ses fantasmes de soumission explosaient, sans limite. Elle s'épanouissait à servir religieusement les désirs de Darius et celui des hommes et femmes qui parfois agrémentaient leurs jeux.

Un matin, elle s'est réveillée au son de la valse mélancolique de Chopin, avec un sentiment de vide, au bord du malaise. La mémoire de leur nuit s'était effacée. Elle s'aperçut que le lit était taché de sang. Paniquée, elle s'inspecta mais ne se découvrit aucune blessure. Elle se tourna vers son amant dont le torse était atrocement scarifié de petites entailles, comme s'il comptait des jours sur les murs d'une prison. À côté du lit, elle vit un poignard ancien au manche serti de rubis et à la lame recourbée. Son amant s'était infligé des centaines de blessures. Après cela, elle ne l'a plus revu. Adèle était aimantée par le mélange de cynisme et de mélancolie émanant de lui mais n'en avait pas eu peur… jusqu'à cette nuit. Elle s'est enfuie.

Selon elle, avant de la rencontrer, il avait vécu dans un palace de Los Angeles. Cela n'a pas été simple de convaincre ma hiérarchie mais je m'y suis rendue. »

Judith me raconta la suite deux jours plus tard, assise sur un banc de Gramercy Park, un café à la main : « Un an auparavant, Pilgrim avait effectivement séjourné dans la suite présidentielle d'un hôtel durant près d'une année. Chaque membre du personnel blêmissait devant sa photo. Tous avaient été copieusement rétribués pour rester discrets mais une plaque fédérale est souvent persuasive.

Pilgrim ne parlait à personne et semblait flirter avec la folie. Il passait ses nuits à se laver, réclamant à toute heure du personnel ganté et masqué pour désinfecter les lieux. Il vivait nu, terrifié, dessinant des centaines de noms de tous pays sur les murs de sa suite puis se mettant à hurler. Ensuite, il passa des semaines à recopier des livres avant de décider de vivre dans le noir, un mois complet. On peut assouvir tous ses caprices à Los Angeles quand on a des millions à dépenser. On lui livra toutes sortes de drogues, puis il demanda qu'on lui trouve une femme correspondant à un physique précis. Elle devait avoir un discret grain de beauté à la commissure des lèvres. On dit qu'il paya cent mille dollars pour qu'elle se déshabille. Il posa simplement la tête sur son ventre et s'endormit. » Judith me jura qu'elle n'inventait rien. Elle-même avait du mal à croire les récits hallucinés du personnel. Elle me dit que le plus fou restait à venir. « Quelques jours plus tard, entre deux volutes d'opium, Pilgrim réclama à nouveau la femme au grain de beauté mais cette fois, il voulut la consommer. Il offrit cinq fois plus. Elle accepta sans hésiter et le raconta ensuite à un majordome. Tant d'argent était inespéré et en réalité, elle l'aurait fait pour rien. Il la fit habiller d'une robe du XVIIIe siècle qu'il dégrafa avec délicatesse avant de la caresser puis d'effleurer ses lèvres, longuement. Au cours de leurs ébats, elle connut un moment de confusion, ne parvenant plus à émettre aucun son. Tout était flou mais elle jura qu'une fois en elle, il s'ouvrit les veines avec un poignard à la lame recourbée. Elle vit le sang de son amant s'écouler de ses poignets et la recouvrir. C'est ainsi qu'ils firent l'amour et elle gardait la sensation du liquide carmin, chaud et épais, ruisselant sur ses seins, pénétrant dans son corps. Elle aurait dû en être horrifiée mais au contraire, n'avait jamais éprouvé une telle excitation. Elle se réveilla chez elle, riche et sans autre souvenir.

Je suis rentrée à New York, possédée par cette affaire, et j'ai consigné ces témoignages dans mon rapport, concluant à la nécessité de poursuivre nos investigations. À sa lecture, mon supérieur me demanda si ma fonction consistait à enquêter sur des délits d'initiés ou sur les délires d'un millionnaire cinglé. Il refusa d'enregistrer mon rapport afin de ne pas me porter préjudice et me proposa de solder mes congés. Il avait raison. Non seulement je n'avais rien trouvé mais le personnage que je décrivais était à des années-lumière d'un loup de la finance. La procédure a été clôturée. »

Judith regarda sa montre. Elle semblait accablée d'avoir échoué à prouver la culpabilité de Pilgrim. Elle me saisit la main et ajouta : « Ce type est malade et il fait du mal. J'ai poursuivi mes recherches sur mes heures de repos. Je n'arrivais pas à décrocher. Je n'ai rien trouvé sauf trois de ses anciennes maîtresses. L'une s'est suicidée, l'autre est dépressive et la troisième, une certaine Katherine, a été internée d'office. C'était une marchande d'art en vue et maintenant, elle prétend avoir vu Pilgrim arracher à main nue le cœur d'un homme qui tentait de la violer. Ce qui est étrange, c'est qu'elle l'identifie sous un autre nom. De toute façon, son témoignage ne vaudrait rien et je ne suis plus saisie. Je vous le redis, Anna, partez tant qu'il est encore temps. »

Une suicidée… Adrian ne se livrait pas simplement à une collection morbide d'articles de journaux ; on passait à la réalité. Je vacillai. Judith me fit promettre de l'appeler à toute heure si j'avais besoin d'aide et m'exhorta à fuir une fois de plus. Avant qu'elle ne me quitte, je lui demandai le nom cité par la femme internée. « Lorenzo quelque chose… un nom italien. »

Ce jour-là, j'ai traversé New York à pied. L'homme délicieux que j'aimais était dépravé, masochiste, drogué, il vivait sous de fausses identités, c'était un délinquant financier et peut-être un tueur en série droguant ses victimes avant de les pousser au suicide. Mort, folie et oubli. J'étais en danger. Pourtant, mes pas me conduisaient à lui.

Voilà ce que je sais de la vie d'Adrian Gott, ce que je voulais écrire dans ce journal et ce que je dois lui dire. Comment il va réagir, je l'ignore. J'ai peur de le perdre mais je veux en savoir plus, j'ai peur qu'il me tue mais je veux lui laisser une chance de ne pas le faire. Peut-être ma confession provoquera-t-elle un choc et pourra-t-il enfin m'étreindre. Il y a un lien unique entre nous, au-delà du temps. Cela mérite de risquer ma vie. Je dois trouver la force de lui parler pour qu'il n'arrive pas malheur à l'un de nous.

5.

New York, 1er décembre 20--,

J'ai quitté Venise à l'aube du 9 mai 1784, le goût de ma mère encore sur les lèvres.

Le premier bateau en partance était à destination de Constantinople. J'y ai loué une cabine crasseuse à prix d'or. Celui volé à mon père. J'ai dormi vingt-quatre heures, sans rêves et sans remords. À mon réveil, le vieux miroir piqué à côté de ma paillasse m'a renvoyé l'image du personnage aperçu dans le bureau de Cesare. Son allure était féline, il était nu et finement musclé. Je distinguais avec peine les reliques du jeune homme chétif que j'avais été. Je suis resté face à ce nouveau moi. Je n'aurais pu espérer pareil miracle. Je retrouvais mes yeux, mon nez droit, mes cheveux noirs mais c'en était fini de la version terne et maladive. Tout était devenu enivrant et lumineux.

Jusqu'ici, mon seul rêve était de vivre reclus au milieu des livres, mais l'individu que je contemplais pouvait conquérir le monde. Tu ne peux imaginer mon allégresse, Anna. L'apparence physique modifie la pensée. La sensation de force change le comportement. J'oubliai un temps Clélia et ma mère. Je m'admirais, heureux de ce corps parfait. J'étais tout-puissant. Par sorcellerie, je volais les âmes et m'en nourrissais. Ce n'était pas si éloigné de la vérité. Écoute comment le triomphe du monstre a été fulgurant…

Après avoir englouti mes rations de retard – je n'avais plus le souvenir de mon dernier repas –, j'ai escaladé la proue du navire, ne me tenant qu'à une corde, devant un équipage médusé par ma folie suicidaire. Les éléments semblaient déterminés à nous empêcher de rejoindre l'Asie. Les creux des vagues manquaient de nous engloutir et la tempête paraissait me suivre depuis Venise. J'ai pensé que la main de Dieu me pourchassait et qu'elle n'hésiterait pas à frapper les malheureux qui se trouvaient sur ce navire en provoquant notre naufrage. L'image de Clélia m'est revenue puis celle de ma mère, me remémorant la saveur de son amour inexprimé, mon sacrilège et mon probable matricide. La culpabilité m'a gagné, oppressante. J'avais tué une femme aimée, peut-être deux. La foudre s'invita. J'ai lâché la corde. Face à la mer courroucée, je me suis offert aux ténèbres. Qu'elles m'emportent si tel était leur souhait. Sous le ciel qui se déversait, j'ai hurlé mon désespoir.

Mon cri domina un instant le bruit de la tempête, s'éleva jusqu'au ciel et assourdit l'équipage. J'en restai pétrifié. Plus rien en moi n'exprimait le désespoir ou la faiblesse. J'ai senti mon corps affronter les éléments, l'agilité de mes membres qui ne perdaient pas l'équilibre, la vitesse surhumaine de mes réflexes. N'importe qui serait tombé, sans parler de celui que j'avais été. J'ai pensé au reflet du miroir, à son intensité. Qui m'avait offert ces dons ? Dieu ou le diable ? Dieu pour se racheter de la misérable existence qu'il m'avait réservée, mais alors pourquoi ma survie était-elle conditionnée à la mort d'innocents ? Le diable... mais qu'avais-je fait pour mériter son châtiment ? Et pourquoi me doter de tels dons ? Tout cela n'avait aucun sens.

Cette nuit-là, j'ai maudit Dieu, après son fils, et le diable aussi. Puis, j'ai décidé qu'ils n'y étaient pour rien. Je ne croirais plus en l'un ou en l'autre. La nature m'avait créé et voulait que je vive. La nature me vengeait de mon malheur. Ma puissance devait s'exprimer pour la seule raison qu'elle existait. Au demeurant, je n'avais pas commis de crime contre mes êtres chers. Comment aurais-je pu imaginer qu'en embrassant Clélia, je m'emparerais de son âme ? Quant à l'inceste, j'y avais été poussé par une force plus grande que moi alors que je souffrais le martyre. Je n'étais coupable de rien. J'avais été tant privé d'amour. Je voulais vivre. La nature faisait une expérience, j'avais un rôle, une mission. Je chérirais le souvenir de Clélia et Lavinia mais je respecterais les souhaits de la vie et poursuivrais mon chemin. Sans Dieu. Sans diable. Libre.

Je devais vivre et donc, me nourrir.

Le lion doit-il être condamné quand il dévore sa proie ? L'araignée est-elle coupable de tisser sa toile ? J'avais une place dans la chaîne alimentaire et il n'y avait nulle honte à l'occuper.

Le monde était resté sourd et aveugle à mes demandes d'amour. J'en disposerais dorénavant en quantité illimitée. Une juste compensation. Ce pouvoir était ma revanche.

Nous approchâmes de Constantinople. L'envie s'agitait depuis plusieurs jours. Ne sachant pas encore que mon pouvoir altérait la mémoire, j'avais jugé risqué de m'alimenter à bord. Plus tard, explorant mes capacités, j'ai appris à me rationner et constaté que l'énergie vitale que je dérobe se dirige là où j'en ai besoin. Mes poumons et mon cœur en cas d'effort prolongé, mes muscles pour la puissance et la rapidité, l'acuité de mes sens si je les sollicite, ma peau si je me blesse… Les hormones volées se transforment en élixir de jouvence et celui-ci soigne ce qui est atteint par la maladie, décuple mes désirs charnels, pallie le manque de sommeil. Mais le plus extraordinaire est ailleurs. La substance que je crée à partir de ce que je ponctionne bloque le vieillissement des cellules. Je ne m'en suis pas aperçu immédiatement car mon apparence évolua jusqu'à devenir celle d'un adulte. Puis elle se figea. Après quelques années, le doute n'était plus permis. Je me régénérais en permanence grâce au désir, au plaisir et à l'amour dont je me nourrissais dans le corps d'autrui. Par l'effet d'une mutation immorale, j'ai vaincu la mort.

Parvenu à destination, j'utilisai un peu d'or pour m'offrir deux prostituées, près du port, l'une après l'autre. La première ne voulant pas m'embrasser, je l'ai payée davantage. Il fallait que nos muqueuses se touchent. C'est ainsi que les précieuses hormones passent de l'un à l'autre. Avant Clélia, mes lèvres étaient vierges. Le goût de la prostituée était amer et bien qu'ayant prolongé mes baisers, je ne parvins à me nourrir d'elle qu'avec parcimonie. J'eus beau fouiller dans son corps, je n'y trouvai qu'un maigre hors-d'œuvre. La seconde, d'âge plus mûr, sentait bon l'Orient. C'était une mine inépuisable de ressources d'une grande pureté dont personne ne semblait bénéficier. J'en ai profité jusqu'à satiété. Sans remords. Je ne faisais qu'accomplir mon destin. Il y avait tant d'amour en elle que j'en ai laissé. Après un tel repas et à défaut de maladie ou de blessure, je pouvais tenir deux semaines. Quelques jours plus tard, je me suis enquis du sort de mes proies – il ne m'avait pas fallu longtemps pour acquérir des rudiments de turc – en prétextant mon souhait de les revoir. La première, la plus jeune, était décédée d'une overdose d'opium. La seconde avait été gravement malade mais elle s'était rétablie et on m'indiqua comment la trouver. J'allai à sa rencontre et, sans explication, lui remis une bourse de pièces d'or. Sans le savoir, elle m'avait appris que l'on pouvait guérir de ma morsure. Il suffisait que je m'arrête à temps. Cela changeait tout. Je pouvais contrôler mon pouvoir.

6.

New York, 2 décembre 20--,

Je dois finir ce récit cette nuit, mon amour.

Tu te rappelles les *Mille et Une Nuits*, Anna ? Shéhérazade contait des histoires à son roi pour éviter qu'il ne la tue au petit matin, comme il en avait été de ses précédentes maîtresses. Moi c'est l'inverse : je te confie ce récit pour pouvoir mourir.

Il ne me reste plus qu'une nuit et j'ai encore tant à te dire. Au réveil, je t'ai entendue arpenter la maison. Tu marches en dansant. Tu avances sur la pointe des pieds, tu te mets à courir, tu ralentis ou tournes sur toi-même. Si je n'étais pas amoureux de toi depuis des siècles, je le serais devenu en t'observant. J'étais dans mon bureau, écrivant ce que tu liras après ma mort. J'y ai conservé mes secrets, les reliques de toutes mes vies. Je suis venu te chercher en début d'après-midi. Une calèche nous attendait sous ta fenêtre. Tu as souri avant de te dévêtir devant moi. Tu me provoques. Je n'ai pas détourné le regard. Ton corps aurait été celui de Clélia si elle n'avait connu la maladie.

Tu as passé une longue robe blanche, les bottes que je t'ai offertes il y a quelques jours, ton drôle de manteau de toutes les couleurs et nous avons traversé Central Park sous de chaudes couvertures, l'un contre l'autre, bercés par le bruit des sabots. Près du Reservoir, tu m'as demandé si je connaissais Venise… Je ne suis pas parvenu à masquer mon malaise. Je t'ai répondu que je n'étais pas retourné dans cette ville depuis une éternité. « Et si on partait ? Ce soir, demain ? Je veux découvrir Venise en hiver, avec toi », m'as-tu dit.

Ton regard est inquiet. Tu deviens sombre et soucieuse, mon amour. Tu sembles vouloir me parler sans y parvenir et, hier soir, c'est toi qui as regagné ta chambre. Je n'ai rien eu à inventer pour ne pas te tuer une seconde fois. Je crois que tu sais quelque chose mais cela n'a plus d'importance. Bientôt tu sauras tout.

Mon calvaire est né de nos premiers baisers. Ils furent comme des éclairs dans l'hiver. Ils m'ont ramené vers les vivants. C'était au bord de l'Hudson.

Projeté à Venise, j'ai retrouvé les lèvres de Clélia. Je suis redevenu l'adolescent apeuré assistant aux noces de la cité et de la mer. En m'embrassant, tu as effleuré ma nuque, exactement comme Clélia l'avait fait il y a plus de deux cents ans, et j'ai retrouvé mon humanité. C'est à cet instant, après ce geste, que j'ai décidé de te confier mon histoire.

Chacun de tes baisers est un univers où je pourrais me réfugier, Anna. Après avoir traversé la terre et le temps, enfin le ciel me souriait. Il fallait que cela ait un sens. Je t'ai dévorée en retenant mon pouvoir, comme j'avais appris à le faire à Constantinople. Reprenant mon souffle, je scrutai le moindre changement de comportement de ta part. Je n'en ai pas vu et mon cœur s'est illuminé. Je t'ai embrassée à nouveau. Nous sommes restés là une heure avant d'être transis de froid. Je crois que cette heure est la seule de mon existence qui ait été heureuse.

Tes lèvres m'ont enfanté il y a plus de deux siècles et maintenant elles me tuent.

Notre dernier baiser fut un supplice. J'ai senti des crocs d'acier se planter dans mes chairs. Je ne suis plus parvenu à me maîtriser. L'envie quittait ma gorge pour envahir la tienne. Je n'y pouvais rien. Elle était trop heureuse de te retrouver et chevauchait mes émotions vers toi. J'ai déployé des efforts surhumains pour la rappeler. In extremis, je l'ai empêchée de t'engloutir.

Nous sommes rentrés et tu attendais d'autres étreintes. Cette nuit, j'aurais dû t'aimer pour la première fois. Au lieu de cela, je t'ai raccompagnée à la porte de ta chambre, tentant de masquer mon désespoir sous un habit de galanterie. Il me fallait être seul. Vite. Me calmer. Ne pas hurler d'angoisse. Depuis près de deux cents ans, je maîtrisais ma voracité. Au début, je ne pouvais m'arrêter qu'une fois repu, ce qui entraînait au mieux la mort, au pire, la démence de mes nourriciers. On ne peut vivre sans amour, au moins de soi. Puis je prélevais des quantités toujours plus réduites afin de réduire les troubles de mes victimes. J'évitais ainsi d'éveiller les soupçons et les procès en sorcellerie qui ont failli me conduire au bûcher à Séville. Je ne l'ai évité qu'en puisant dans mon malheureux codétenu, ce qui me permit de desceller les barreaux de ma cellule la nuit précédent mon exécution.

Au terme de mon apprentissage, je suis parvenu à embrasser sans dérober la jouvence d'autrui. J'ai dompté ma faim de même que l'on peut retenir sa respiration ou sa jouissance. Je devais toutefois me nourrir régulièrement pour ne pas éprouver l'horreur du manque ; à défaut, je ne maîtrisais plus rien et m'abreuvais sans limite.

Au bord de l'Hudson, je n'étais pas en manque et j'aurais dû parvenir à me contrôler. Je me rassurai toutefois. Ce désordre devait provenir des sentiments que j'éprouvais et il me fallait simplement apprivoiser cette nouvelle situation. Des années avaient été nécessaires pour domestiquer mon envie. Peut-être faudrait-il du temps pour l'apaiser. Surtout ne pas s'affoler.

Les jours suivants, je t'ai embrassée la peur au ventre. Une amélioration insignifiante et l'espoir serait permis.

Il n'y en eut aucune. Ma pulsion devenait irrépressible. Mon amour avait libéré mon étrange pouvoir des chaînes de ma volonté. À chaque baiser, il devenait plus difficile de me retenir. Je sentais mes tentacules se déployer vers toi avec une puissance décuplée. J'ai lutté, expérimenté mille façons de me contrôler, mais j'échouais toujours. J'ai commencé à embrasser tes mains, tes bras si fins, le creux de ton cou, tout en évitant tes lèvres.

L'espoir est un des sentiments humains les plus puissants. Il défie la raison. Un homme espère une grâce au pied de la guillotine, un malade incurable cherche de nouveaux traitements, le soldat de première ligne pense que les balles l'éviteront et l'amoureux éconduit attend des années le retour de l'être perdu. L'espoir est une ruse de la vie pour repousser la mort.

Avant de te retrouver, j'avais cessé d'espérer. Depuis, je ne fais que cela, retardant notre ultime baiser, m'accordant des tentatives supplémentaires, prenant des risques insensés pour ta vie alors que je sens s'effondrer les digues te protégeant de moi.

Fatalement, il y a quelques jours, ce que je redoutais tant est advenu. Tu avais voulu assister au *Sacre du printemps*. Je me suis assoupi en rêvant que nous valsions ensemble, sans fin, alors que les saisons se succédaient. Tu portais une robe longue, couleur soleil, à la mode vénitienne de mon époque. Soudainement, du sang s'écoula de ton cœur, tachant ta robe et laissant une longue trace sur le parquet en point de Hongrie de la salle de bal éclairée aux bougies. Tu continuais à danser comme une étoile.

Tu m'as embrassé. Par miracle, je me suis réveillé avant qu'il ne soit trop tard. Sans m'en apercevoir, j'avais puisé en toi.

J'ai retrouvé le goût de Clélia, à l'identique. Je me nourrissais de ton amour et de ton désir. Tes sentiments se mêlaient à moi et je fus comblé avant d'être horrifié. J'étais irrigué par une force nouvelle, celle-là même qui me transforma sur mon lit d'hôpital à Venise. Toi tu étais engourdie, proche de l'inconscience. Je crus t'avoir tuée une seconde fois et me jurai que si tu en réchappais, jamais plus je ne t'embrasserais. Je t'ai soulevée et couchée en suppliant le ciel de te sauver. Dans mes prières, j'offrais ma mort en échange de ta vie.

Privé d'amour, je ne sais que le piller. Cette nuit-là, je compris que dans les plus profondes ténèbres de ma vie, j'avais gardé une lueur d'espoir. Dans l'obscurité totale que je venais de rejoindre, la différence était immense. J'ai repensé au chat de mon frère, à Venise, au regard de ma mère et j'ai regretté que mon père ait saisi ma main. Tant de vies auraient été préservées.

J'ai décidé de réparer cette erreur.

Le matin, ta mémoire était altérée mais tu as caressé mon visage. Mes prières ont été entendues. Ma décision était prise. Elle sera exécutée demain.

Je terminerai ce récit cette nuit.

7.

J'ai rejoint Constantinople, sous le règne d'Abdülhamid Ier, le sultan aux douze épouses. La cité était le centre d'un empire glorieux, active jour et nuit, colorée, effervescente. Tu aurais aimé cette ville, Anna.

Je logeais dans une pension honorable à côté de la citerne basilique. La nuit, j'explorais les alentours. Le jour, pour m'occuper l'esprit et éviter la folie, j'apprenais le turc et scrutais les effets de ma métamorphose. J'étais double. L'agneau que j'avais été et le monstre que j'étais devenu. La proie et le chasseur, la victime et le bourreau. Repu, je retrouvais peu à peu ma psyché d'avant. En manque, j'étais un loup. En fait, nous étions trois. L'ancien moi, le nouveau et quelque chose d'autre, qui chaque jour prenait plus de distance. Ce que j'allais devenir regardait de loin mes deux personnalités antagonistes. Il a fallu des décennies pour unifier l'adolescent timide et le prédateur.

C'est peu après mon arrivée que je tentai ma première expérience de sevrage. J'ai tenu deux semaines et un jour. Puis le manque a grandi. J'en ai noté les signes précurseurs. Au fil des années, j'ai consigné toutes les caractéristiques de mon nouvel état dans un petit carnet aux feuilles de papier bible. J'ai testé ma capacité de résistance jusqu'à la limite du supportable. Les dernières heures d'attente, avant que la nuit tombe, furent atroces. Je me jurai de ne plus revivre une telle torture. Même dans mon sommeil, la souffrance s'écoulait en goutte à goutte sur mon corps. L'amour que je dérobais ne servait pas qu'à m'améliorer. J'en avais besoin autant que de l'oxygène.

Par une nuit sans lune, je me suis décidé à rompre mon jeûne. L'obscurité s'étant installée, je me dirigeai vers les ruelles sombres du Grand Bazar de Soliman le Magnifique. Il m'a fallu chasser une heure avant de trouver ma proie. Un clochard gisait à terre, empestant l'alcool et la crasse. La rue était déserte ; la source d'approvisionnement idéale. Un prédateur ne se préoccupe pas de l'allure de sa pitance. Au fond de cette carcasse se trouvait une fontaine de jouvence. J'ai posé mes lèvres sur les siennes. Pour la première fois, des images m'ont traversé l'esprit. Des flashs de la vie de cet homme me parvenaient alors que je me nourrissais. C'était vertigineux. Je m'emparais aussi de la mémoire de mes victimes ou plutôt de leurs souvenirs les plus intenses, comme si ceux-ci, par des connexions insoupçonnées, étaient présents dans chaque partie de nos corps.

Je pus ainsi reconstituer l'existence de mes victimes de sorte qu'elles vivent à travers moi. Plus tard, ces créatures se sont mises à me hanter et j'en ai perdu la raison. Il y a peu, j'écrivais leurs noms, avec mon sang, sur les murs d'une chambre d'hôtel ou je me scarifiais en les dénombrant.

Cette nuit-là, ma victime s'appelait Bachir et la première image qui me parvint fut celle d'un enfant heureux au sein d'une riche famille de la Cour. Dans la deuxième, Bachir avait une dizaine d'années et voyait ses parents exécutés sous ses yeux. La suivante représentait un jeune homme réduit à l'état d'esclave dans une mine d'Anatolie. Puis, je le retrouvais alors que le malheureux servait de chair à canon sur un champ de bataille avant de l'apercevoir, le regard vide, tenter, avec les lambeaux d'une armée, de rejoindre Constantinople. La dernière scène était celle d'un mendiant devant le palais de ses parents, celui de la première image. Cet homme ne devait pas avoir plus de vingt-huit ans, et il ressemblait à un vieillard.

Six instants et une existence était reconstituée. Je me demandais s'il en était ainsi de toutes les vies.

Je n'ai pas trouvé une once de désir ou de plaisir dans cet homme mais son amour, figé à l'âge de dix ans, avait le goût de l'eau vive.

Il ne s'est aperçu de rien et se réveillerait confus… et vide.

J'observais, avec calme cette fois, la force qui inondait mon corps, le réparait et le nourrissait. Il n'était pas question de rentrer. Je voulais rôder, aller au-devant de nouvelles aventures, trouver un sens. J'étais invulnérable. Et il y avait autre chose. Depuis ce jour, chaque prélèvement déclenchait en moi des pulsions de sauvagerie sexuelle. J'écumais la ville à la recherche de volupté et, au milieu de la nuit, me retrouvais sur les rives malfamées du Bosphore. Je soutenais sans ciller les regards mauvais, évitais les trafiquants, croisais les laissés-pour-compte de l'empire. C'est là que j'ai rencontré deux jeunes sous-officiers du corps d'élite des janissaires. Eux aussi étaient à la recherche d'aventure et l'avaient trouvée. Huit hommes armés de sabres les entouraient. Les deux janissaires disposaient uniquement de poignards et semblaient éméchés. Il ne faudrait pas plus d'une minute à leurs assaillants pour les embrocher et malgré la bravoure légendaire de ces guerriers, leur regard trahissait le désespoir. Cent mètres me séparaient d'eux. J'ai parcouru cette distance sans qu'aucun des assaillants ait eu le temps de se retourner.

Le premier d'entre eux s'affaissa, assommé par un violent coup à l'arrière du crâne. Quand le deuxième se retourna vers moi, j'évitai aisément sa lame. Concentrant mon énergie, j'ai senti les os de son visage s'enfoncer sous mon poing. Il gisait à terre, hurlant d'effroi. Ma rapidité me conférait un avantage insurmontable. Alors que je brisais les côtes d'un troisième, les janissaires en profitaient pour taillader deux de leurs agresseurs. Il n'en restait que trois qui décampèrent en toute hâte.

Les hommes que j'avais sauvés me regardèrent dans un silence troublé par les gémissements de nos victimes. Le plus grand, blond et massif, éclata de rire quand son compagnon roux m'embrassa à pleine bouche en me donnant de grandes tapes dans le dos. Ils venaient du même village moldave où, enfants, ils avaient été enlevés par les Turcs et convertis de force à l'islam. C'est ainsi qu'était constitué le corps des janissaires depuis des siècles. Afin de contourner l'interdit de l'esclavage en terre musulmane, les Turcs, excellents cavaliers mais piètres combattants d'infanterie, kidnappaient des centaines de milliers d'enfants chrétiens au gré de leurs incursions en Europe. Ils les soumettaient à un entraînement militaire féroce au cours duquel beaucoup périssaient mais les survivants formaient la garde prétorienne du Sultanat. Leur discipline et leur art de la guerre les rendirent célèbres et redoutés. Jamais esclaves ne furent plus dévoués à leurs maîtres auxquels ils devaient consacrer leurs existences, le mariage leur étant d'ailleurs interdit.

Mes deux acolytes m'adoptèrent. J'étais d'Occident et cela ne fit qu'ajouter à notre complicité. Les janissaires ne se mêlaient pas aux Turcs qui s'en méfiaient, quand eux les méprisaient. C'était une caste à part : les esclaves de la Sublime Porte.

Aussi débonnaires l'un que l'autre, ils voulurent fêter notre rencontre et leurs vies sauves. Ils savaient où se rendre, promettant que je ne serais pas déçu. Je serais leur invité sans compter car la solde des janissaires était augmentée à chaque tête ennemie rapportée et ils excellaient dans ce domaine.

Nous avons longé le Bosphore avant de pénétrer dans un palais dédié à la luxure. Un bordel féerique où, comme dans toute capitale d'empire, les hommes fêtaient leurs victoires et se consolaient de leurs défaites dans les bras des femmes. Certaines étaient de véritables artistes. Mes deux nouveaux camarades furent reconnus dès leur entrée et approchés par un essaim de créatures dont la nudité était à peine voilée de soieries transparentes, de bijoux et, pour certaines, de longs cheveux dissimulant leurs seins. Dans ce lieu charnel, tamisé d'encens, aux fenêtres closes de jour comme de nuit, je constatai l'effet provoqué par ma métamorphose. Tous les regards se fixèrent sur moi et les plus belles créatures se disputèrent mes faveurs.

Nous nous sommes enivrés d'alcool, de mets délicieux et de la douceur de jeunes femmes parfumées. Je me suis longtemps demandé si l'unique sens de nos vies n'était pas d'éprouver ces moments d'extase. Après quelques heures, le janissaire dont la blondeur intriguait presque autant que mon physique décréta qu'il fallait passer aux choses sérieuses et me demanda de choisir deux femmes. Je n'hésitai pas. La première devait avoir mon âge et ses cheveux tombaient jusqu'au creux des reins. Son sourire était encadré de charmantes fossettes et ses caresses étaient d'une douceur inouïe. Tout était fin et bien dessiné sur ce corps. La seconde, plus voluptueuse, était entreprenante et reconnue pour son savoir-faire. Ses transports m'étaient autant destinés qu'aux autres femmes. Elle s'appelait Ève. Mes deux compagnons firent leur choix en même nombre. Nous avons descendu un étage vers les soubassements du palais.

C'est ainsi que j'ai tout à la fois découvert les bains turcs et perdu ma virginité. J'ai goûté les six femmes, à peine. Tous mes sens étaient exacerbés. Alors que j'étais en elles, je passais du salé au sucré, de l'amertume à l'acidité, d'arômes caféinés à des saveurs épicées. Mon corps et mon palais se livraient à des orgies concurrentes. Ève me prodiguait de savantes caresses avec ses lèvres et ses seins autant qu'avec ses mains. À l'oreille, elle me chuchotait des mots crus dont je ne soupçonnais pas qu'ils puissent être prononcés. Dans le corps d'une femme venue des Indes, élue par le janissaire roux, je discernais une texture d'amour inconnue, plus compacte. Des images de ces différentes vies me parvenaient et s'entremêlaient. Je n'en buvais pas assez pour qu'elles soient aussi nettes que celles du malheureux que j'avais laissé exsangue quelques heures plus tôt mais le tout formait un kaléidoscope de vies qui se mélangeait aux vapeurs d'alcool, aux saveurs dérobées, aux odeurs et aux chairs de ces femmes. Ma sensualité décuplée s'exprimait sans entrave et entraînait le groupe vers la transgression. J'accédais à une dimension magique. J'avais trouvé un chemin. Le plaisir.

Le soleil était déjà haut à notre réveil. Pour tous, cette nuit resterait mémorable mais pour moi, elle serait unique.

Les premiers amis de mon existence devaient rejoindre les leurs mais auparavant, l'homme blond me remit un poignard à la lame recourbée, serti de rubis, offert par un général dont il avait sauvé la vie. « C'est à mon tour de faire don de ce poignard. Puisses-tu être sauvé comme je l'ai été par toi si un jour tu te trouves en danger. Alors ce poignard changera à nouveau de maître. »

La semaine suivante, je flânai du matin au soir, m'imprégnant de la beauté de cette ville qui fut la capitale de l'Empire romain plus longtemps que Rome elle-même. J'en découvris les trésors, les coutumes mais aussi les vices et perfectionnai ma maîtrise de la langue. Les pièces d'or volées à mon père s'épuisant, cette légèreté ne pouvait durer. Avant la fin du mois, je n'aurais plus pu payer ni hôtel, ni repas et encore moins retourner au palais des plaisirs. Trouver des moyens de subsistance devint ma principale préoccupation.

J'ai tout envisagé. Monnayer ma force, mon odorat auprès d'un parfumeur, participer aux combats barbares organisés dans les bas-fonds, m'engager dans l'armée et briller par ma bravoure… rien ne me satisfaisait. C'est au cours d'une conversation avec le gérant de ma pension que l'idée m'est venue.

Alors que je devais lui régler mon loyer hebdomadaire, je lui demandai une modeste remise à raison de ma jouissance paisible. Attendri, il me répondit : « Si cela était en mon pouvoir, jeune homme, ne doutez pas qu'en récompense de votre bonne éducation et du commerce agréable que j'ai avec vous, je vous accorderais ce que vous me demandez. Mais je ne suis qu'un serviteur, parmi des milliers, de l'homme le plus riche de l'empire. Vous êtes étranger mais figurez-vous que la moitié de la ville lui appartient, de même que les bateaux, les champs à perte de vue et, à ce que l'on dit, dix mille pur-sang, d'ici aux contrées arides d'Arabie où les sauvages du désert le vénèrent comme un dieu. Le Sultan lui-même ne s'adresse à lui qu'avec égards car il a besoin de son or pour payer son armée et, à défaut, celle-ci se retournerait contre lui. C'est un honneur pour moi d'accueillir ici un Vénitien comme vous. Oui, j'ai reconnu votre accent et avant que de mauvaises affaires ne me contraignent à servir l'homme dont je vous parle, j'ai voyagé dans votre pays. Croyez-moi, je ne puis vous accorder une remise sans risquer ma vie elle-même, car mon maître est aussi cruel en affaires qu'impitoyable avec ses ennemis. »

Un tel personnage aiguisa ma curiosité et je priai mon aimable interlocuteur de m'en dire davantage à son sujet. Il s'appelait Nehmet Arkin et vivait dans un palais aussi fastueux que celui de Topkapi. Malgré une centaine d'hommes à sa solde, il n'en sortait plus depuis cinq ans et la dernière tentative d'assassinat qui avait échoué de justesse parce qu'Allah l'avait voulu. Après cela, il avait fait construire une gigantesque mosquée car il fallait remercier le Tout-Puissant. Elle coûta la vie à cent cinquante ouvriers. Cet homme vivait reclus dans la peur.

Les jours suivants, j'élaborai mon plan et un matin, je me rendis à l'hôpital le plus proche, fis don de mes dernières pièces d'or et demandai à voir ceux des malades qui ne passeraient pas la nuit. Je les dépossédai de ce dont j'avais besoin.

Je me présentai alors aux portes du palais du richissime commerçant et sollicitai d'être reçu. Impressionnés par ma belle apparence, et comme je l'espérais, les laquais me firent pénétrer dans un premier vestibule de l'immense demeure. Un majordome vint à ma rencontre, accompagné de dix colosses, et m'interrogea sur les raisons de l'audience requise. Je m'adressai à lui avec aplomb : « Je veux être le protecteur du maître Nehmet Arkin. S'il m'emploie, je jure qu'il pourra sortir sans crainte de son palais et je le prouverai s'il m'accorde cinq minutes de son temps béni. » Je m'entendis répondre par le majordome que son seigneur n'accordait pas un tel temps au Sultan lui-même et les cinq minutes en question, il me les donna pour quitter le palais, après quoi ma tête finirait sur une pique.

Les colosses avaient tiré leurs sabres et attendaient le signal du majordome. L'épisode du Bosphore avait prouvé ma supériorité sur le commun des mortels mais je n'avais aucune idée de ma capacité à maîtriser autant d'hommes aguerris. Au premier assaut, je perçus mon erreur. Ils étaient jeunes, mieux entraînés, deux fois plus rapides que les brigands. Mais surtout, après avoir projeté l'un contre un mur et segmenté les tendons d'Achille d'un deuxième, ils se coordonnèrent. Quelques secondes plus tard, j'étais blessé au bras, et plus sérieusement à la cuisse par une entaille qui s'étirait du genou à la hanche. J'ai mobilisé l'énergie volée aux mourants de l'hôpital. Je ne m'étais jamais autant rempli que ce matin. J'ai accéléré jusqu'à ce que les regards ne puissent plus me suivre et, muni du poignard du janissaire, j'ai coupé, tailladé, transpercé les chairs des hommes d'Arkin, dansant autour d'eux comme un insaisissable essaim de guêpes. Ils pensèrent affronter un démon venu directement des enfers et s'écroulèrent les uns après les autres. Haletant, en sang, je m'adressai à nouveau au majordome, lui demandant s'il préférait mourir ou prévenir son maître. Par chance, il lui fallut une heure pour revenir et durant ce temps, je constatai que ma blessure au bras avait disparu quand ma jambe se régénérait.

Je fus conduit dans la salle d'armes. Elle était immense et pourvue de cinquante colonnes monumentales. Au milieu se trouvait Nehmet Arkin, homme bedonnant d'une soixantaine d'années, au regard intelligent et dur. Autour de lui, une centaine d'hommes armés jusqu'aux dents, y compris d'armes à feu. Je n'avais pas la moindre chance d'en sortir vivant. Arkin me dévisagea et s'adressa à moi avec calme. « Veux-tu me donner ton nom avant de mourir ? Que je le fasse inscrire sur ta tombe car tu mérites au moins cela pour avoir terrassé dix de mes hommes. » Je lui répondis avec assurance : « Le seul nom que tu dois connaître est celui de Cerbère. C'est ainsi que tu m'appelleras et c'est ce que je serai pour toi. À compter de ce jour, si tu m'emploies, tu n'auras plus peur de parcourir cette ville ni le vaste monde. Et ton empire prospérera. » Les cent hommes s'approchèrent de moi. Arkin s'agita, mais je vis passer un nuage de cupidité dans ses yeux. L'homme ne pouvait ignorer que son assignation à résidence fragilisait son commerce livré à des intendants plus ou moins compétents et honnêtes. Il enchaîna : « Tu me sembles aussi présomptueux que fou, Cerbère. Par quel miracle pourrais-tu garantir ma sécurité quand une armée en est incapable ? Tu mourras d'arrogance et je donnerai tes restes à mes chiens. »

La question d'Arkin trahissait sa curiosité. Il était évident que cet homme aurait donné n'importe quoi pour échapper à sa prison. Je repris la parole : « M'emploieras-tu selon mes conditions si, avant la fin de cette journée, je bats à moi seul cinq de tes meilleurs guerriers, si ensuite, je cours plus vite que ton meilleur pur-sang et si enfin, pour te prouver qu'aucune intrigue ne m'échappera, je trouve le plus précieux de tes trésors en moins de temps qu'il n'en faut au sablier de ton choix pour s'écouler ? » Arkin sourit et ses yeux se plissèrent d'amusement. « Il n'existe pas d'homme capable de tels exploits mais je ne perdrai pas une occasion de me distraire. Tu vas combattre ici même et mes guerriers t'arracheront les membres devant moi. » J'avais gagné assez de temps pour que ma jambe cesse de me faire souffrir. Je m'adressai une dernière fois à Arkin : « Qu'il en soit ainsi mais avant, jure de m'employer selon mes conditions quand j'aurai accompli ce que je t'ai dit. » Arkin semblait heureux du divertissement qui se présentait. Il demanda qu'on lui apporte un siège, des coussins et du vin. « Ne t'inquiète pas, si tu accomplis de tels prodiges, tu auras ce que tu requiers et j'en serai heureux ! Mais pour ton malheur et le mien, c'est impossible. »

Cinq hommes m'entouraient, déterminés à me tuer de leurs mains, mais chacun voulant briller devant son maître, ils omirent de se concerter. Le premier était une montagne de muscles, étonnamment agile pour son poids. Il s'agissait du champion de la garde de Nehmet Arkin. Il grognait davantage qu'il ne parlait et, assuré de sa victoire, fonça sur moi. J'esquivai ses coups dont un seul aurait pu m'assommer et n'eus besoin que de quelques secondes pour écraser sa trachée. L'homme, suffoquant, s'écroula et ce fut pitié de le voir s'agiter comme un poisson sorti de l'eau. L'assistance était éberluée de voir son hérault passer de vie à trépas sans m'avoir brisé un seul membre. Le second fonça sur moi en hurlant. Je sentis le poids de son corps s'écraser sur mon bassin alors qu'il s'apprêtait à abattre son poing sur mon visage. Je retins le poing et le broyai comme une brindille. L'homme ne pourrait plus jamais utiliser sa main. Alors qu'il hurlait, je l'envoyai contre l'une des colonnes de la salle d'armes. Il ne se releva pas. Je trouvai du plaisir à être craint et admiré en exprimant la rage qui coulait dans mes veines. J'alternerais sexe et violence pour épanouir mon humeur. Les vies qui me nourrissaient réclamaient leur dû. Nehmet Arkin était atterré de la facilité avec laquelle je me jouais de ses meilleurs hommes. Quelques minutes plus tard, il n'en restait pas un debout et trois d'entre eux ne se relèveraient pas. Je m'apprêtais à triompher quand celui des guerriers auquel je pensais avoir brisé la trachée revint d'entre les morts et, dans un dernier souffle, me saisit le bras et le brisa net. À mon tour je m'écroulai. J'ai retenu cette leçon : un ennemi blessé doit être achevé.

Arkin retrouva le sourire : « Tu es un grand guerrier, Cerbère, et je consens, en l'état où tu te trouves et dans ma mansuétude, à te laisser la vie sauve si tu intègres mes troupes comme esclave. Apprécie cette faveur à sa juste mesure et agenouille-toi devant ton nouveau maître ! » Je me relevai douloureusement, tenant mon bras. Un accès de fureur me gagna. Pour toute réponse, j'approchai de l'homme dont j'avais broyé la main. Je le saisis par les cheveux et l'embrassai longuement devant un parterre médusé. Quand j'eus finis de puiser en lui, je faisais face à un zombie et lui fracassai la tête au sol. Ma sauvagerie provoqua des cris d'horreur et à compter de cet instant, chaque homme présent, parmi les plus vaillants de l'empire, baissa les yeux en me croisant. Ma voix elle-même fut terrifiante lorsque je répondis à Arkin : « Ma réponse est-elle assez claire pour toi, puissant d'entre les puissants ? Qu'on m'amène ton cheval sans délai ! » Grâce aux fluides de ma dernière victime, je laissai le pur-sang s'épuiser derrière moi. Chacun pensa que j'étais sorti des entrailles du diable.

Arkin s'approcha de moi et me présenta un petit sablier ainsi qu'une bague ornée de saphirs et d'émeraudes qu'il portait à son doigt. « Cette bague à elle seule te permettrait de vivre dans l'opulence ta vie durant. Elle est le symbole de ma richesse et mon porte-bonheur. Depuis trente ans elle n'a pas quitté ma main. Je vais la dissimuler en un lieu de mon palais que moi seul connais et tu auras cinq minutes pour la trouver. Si tu réalises ce prodige, elle sera à toi et tu obtiendras de moi ce que tu veux mais, à défaut, tu accepteras de mourir de mes mains car je ne trouverai plus le sommeil tant qu'un si grand sorcier vivra. »

Arkin s'éloigna, seul, pour s'assurer que son secret ne serait pas trahi. En attendant son retour, cent lances furent pointées vers moi. Je fermai les yeux et concentrai mon pouvoir sur mon audition. Je suivis Arkin en son palais, épiant le bruit de ses pas et les froissements de ses soieries. Je l'entendis retirer avec difficulté sa bague et revenir vers moi, sûr de son triomphe. « Va, cherche, et si tu ne trouves pas, prépare-toi à l'honneur de mourir de ma main. » Ce faisant, il renversa le sablier.

Je ne bougeai pas.

Le sable s'écoulait doucement et bientôt, il n'en resta plus que quelques grains dans le cylindre supérieur. Les pupilles s'écarquillaient devant ma passivité.

Arkin était un homme rusé. Quelques secondes avant que le sablier ne se vide, je plongeai la main dans la poche droite de sa tunique. J'en ressortis le précieux bijou.

Il me regarda, halluciné.

Je ployai le genou devant lui et lui parlai ainsi : « Maître des maîtres, ce que vous avez vu ne relève pas de la magie. Orphelin, j'ai été recueilli par un ordre dont je ne puis trahir les secrets mais depuis l'enfance, j'ai été formé à l'art de la guerre, apprenant les techniques de combat ancestrales de l'Asie profonde et de l'Afrique mystérieuse. J'ai été soumis à un entraînement intensif et ma vie a été consacrée à endurcir mes os et affiner mes sens. Mon nom même a été effacé et je ne suis plus que Cerbère. J'ai été nourri de mets spéciaux et mon corps s'est adapté au combat grâce à des drogues inconnues. Ainsi, j'ai pu terrasser tes meilleurs guerriers ; ainsi, je t'ai entendu dissimuler cette bague que je ne saurai conserver ; ainsi je peux courir aussi vite qu'un tigre. J'ai été préparé à servir les grands de ce monde. C'est la mission de la confrérie à laquelle j'appartiens. J'ai choisi de te servir, Nehmet Arkin, et je fais le serment de te protéger des menaces qui t'entourent. Dès ce soir, tu pourras sortir de ton palais et parcourir le monde sans crainte mais tu dois accepter les deux conditions de ma servitude à ta cause. »

Nehmet Arkin fut flatté par ce discours. Il répondit : « Cerbère, je t'accueille dans ma maison comme digne représentant de ta secte. Tu as accompli des miracles pour disposer du privilège d'assurer ma protection. Je sens renaître en moi la confiance de mes dix-huit ans et je suis prêt, avec un tel guerrier à mes côtés, à franchir les murs d'enceinte de cette demeure pour aller conquérir le monde. Je n'ai qu'une parole. Dis-moi tes conditions. »

J'avais soif d'aventures et je savais qu'aux côtés de l'homme le plus riche de l'Empire ottoman, je vivrais intensément, mais je voulais conserver ma liberté et assurer mon indépendance : « Noble bienfaiteur, mes conditions sont simples. Je ne suis pas cupide et les possessions matérielles me sont indifférentes, seule ma mission sacrée m'importe mais je serai payé à l'égal de cent de tes hommes afin d'assurer la pérennité de la société à laquelle j'appartiens. Enfin, je fais le serment, pour te protéger, d'être à tes côtés jour et nuit, sans répit ni sommeil, mais lorsque tu seras dans l'enceinte de tes palais, ta sécurité relèvera de ton armée. C'est une nécessité dictée par les secrets de mon entraînement. »

Nehmet Arkin accéda à mes demandes et le soir même, il franchissait les murs de son palais.

Durant les huit années suivantes, j'ai servi ce despote qui finit par me considérer comme son propre fils.

Le premier mois, nous n'avons pas quitté la ville. Arkin apprivoisait sa liberté retrouvée, s'aventurant chaque jour un peu plus loin. Puis nous nous sommes rendus jusqu'à la mer Noire, aux abords de la gracieuse cité de Safranbolu, où il disposait de nombreuses propriétés. Arkin constata que partout il était volé, ses concurrents profitant de son absence pour se liguer contre lui. Par chance, mon nouveau maître disposait d'un réseau d'espions dévoués : des femmes, que nul autre n'aurait songé à employer, dont personne ne se méfiait et qui lui seraient redevables à jamais de la considération et de l'or dont il les gratifiait. Grâce à elles, Arkin parvenait à percer des secrets, à faire chanter ses ennemis et à découvrir la plupart des traîtres de son royaume. Durant cette période, je l'informai de tout ce que mes sens percevaient et déjouai pas moins de trois attentats. Il prit confiance. Débarrassé de la peur, il décida qu'il était temps de remettre ses affaires en ordre avant d'étendre son empire jusqu'aux confins du monde. Je lui étais devenu indispensable et bientôt, il me confia la direction de son armée sans qu'un seul soldat songe à contester mon autorité.

L'homme était impitoyable, cruel et cynique mais j'aimais converser avec lui autant qu'il prit goût à ma présence. Son intelligence et sa connaissance de la nature humaine étaient acérées mais ses intuitions commerciales surtout étaient stupéfiantes. Il avait prophétisé l'évolution du monde telle que je l'ai vue se réaliser. Le développement des échanges par la mer, la fin des frontières, les trafics, l'individualisme... Il ne jugeait pas ces évolutions si ce n'est qu'elles lui permettaient d'anticiper ses prochaines sources de profit. Il pensait le monde en terme d'équations financières. À sa manière, c'était un visionnaire de génie.

J'ai sillonné l'Orient à ses côtés. Nous avons traversé la Turquie vers le sud, jusqu'à Antalya. De port en port, nous avons rejoint Alep en Syrie. Les femmes y étaient accueillantes, les musiques lancinantes et le vin délicieux. Alors qu'il profitait des trois, il m'invita au festin. Quelques semaines plus tard, nous avons réorganisé ses haras à Damas et son commerce de bois à Saint-Jean-d'Acre. Nous dormions dans la même tente car je devais veiller sur son sommeil et nous devisions de longues heures sur les mystères du monde, mes origines, sur lesquelles je mentais, et son histoire qui n'était probablement qu'un conte utile à sa légende. Ensuite, nous avons rallié les tribus bédouines d'Akaba à notre panache et éliminé jusqu'au dernier les membres d'un clan qui s'était approprié ses terres à Assouan. Il restaurait son emprise sur ses intendants. Pour me remercier, il me gratifiait de nombreux présents en supplément de mon salaire conséquent. Il me disait de placer mon bien avec sagesse afin qu'il rapporte et soit en sécurité. Il me conseilla des banques et me fit promettre de n'avoir recours qu'à des juifs, non parce qu'il les aimait mais parce qu'il avait compris qu'étant persécutés, l'utilité aux autres était la condition de leur survie.

Au Caire, il inventa une sorte de franchise pour étendre son commerce. À Alexandrie, nous avons organisé le transport des épices et des soieries. Il exultait et bien que dix mois se soient déjà écoulés depuis notre départ, il n'avait nul désir de regagner la ville où la peur l'avait si longtemps emmuré. C'est alors qu'il saisit l'importance de La Mecque, lui qui ne pratiquait aucun des commandements. Nous avons traversé le désert toujours plus au sud et manqué de périr à plusieurs reprises. Dans la ville sainte, il acheta autant d'hôtels et de commerces qu'il put, certain que d'importants pèlerinages y auraient bientôt lieu. Près de l'oasis de Dariya, il me présenta Abdul Aziz Ben Saoud, petit-fils du célèbre fondateur de la dynastie des Saoud, auquel Arkin prophétisait un grand avenir. Nous avons poussé jusqu'à Aden. Là, en chevauchant au bord de l'océan Indien, il me dit qu'un jour, l'art deviendrait une source de profit colossal. Il en sentait les prémices. S'il avait eu mon âge, me dit-il, il accumulerait des sculptures, des vases, des tableaux… et des livres. Je savais qu'il aimait être vu à mes côtés autant pour la crainte que j'inspirais que pour mon apparence princière. Mon don pour les langues étrangères lui était également précieux. Arkin développa son commerce d'esclaves, pourvu qu'ils ne soient pas de sa religion ; il respectait cette restriction à regret, l'estimant absurde et préjudiciable à la bonne marche des affaires.

Avec notre flotte, nous avons gagné le golfe Persique puis rejoint Ispahan. La Perse et ses trésors nous ont suffisamment séduits pour que nous y établissions un nouveau comptoir. Nous y sommes restés près d'un an. Lorsqu'Arkin était en sécurité dans ses palais, je m'absentais et rôdais dans les villes. Je trouvais le moyen de satisfaire mes appétits dans les corps de malades, de putains ou d'ennemis de mon maître, mais il y eut aussi des rencontres plus durables. En dépit des mœurs rigides de cette époque, je provoquais le désir de nombreuses femmes de tous âges et j'entretenais avec certaines de douces relations mais un jour ou l'autre, je les goûtais et leur volais leur amour plutôt que de prendre le temps de le gagner. Mon instinct de prédation dominait tout. Avec l'expérience, je choisissais des femmes de trente à quarante ans. Elles recélaient mes arômes préférés. Je n'éprouvais pas de remords, indifférent au sort des malheureux dont j'écourtais la vie. Je ne faisais que m'inscrire à un niveau supérieur de l'évolution. Bientôt, je n'eus plus conscience des conséquences de mes agissements. Ma distance à l'humanité empirait. L'amour me maintenait en vie et m'en éloignait. Je restais bienveillant à l'égard de mes contemporains, ma nature n'étant pas mauvaise sauf lorsqu'il s'agissait de me nourrir. Des milliers d'images dérobées à mes proies traversaient mon esprit. J'explorais tous les plaisirs. Je recherchais l'ivresse et quand le sexe et la violence ne parvenaient plus à me la procurer, je me livrais à l'alcool puis aux drogues.

J'expérimentais tout. À cette époque, Anna, j'ai appris à m'ouvrir les veines pour sombrer dans un coma où enfin mon esprit se vidait. La plus délicieuse des sensations. Quelques heures plus tard, il n'y paraissait plus.

Un soir, en m'humiliant pour la centième fois au jeu de dames, Arkin me dit n'avoir jamais voulu se reproduire. Bien sûr, il avait eu quelques bâtards et quatre ou cinq enfants d'épouses légitimes mais il ne les avait quasiment jamais vus. Ça ne l'intéressait pas. Il me dit qu'on ne devrait devenir père qu'à soixante ans, lorsque débutait la compréhension de la vie. Avant, on ne faisait qu'entraver ses enfants. En cela, j'avais eu la chance d'être orphelin, disait-il. Ce soir-là, il s'inquiéta de ses oublis de plus en plus fréquents. Il en semblait affecté et un instant, ce tyran m'a paru humain, presque fragile. Nous avons parlé jusqu'au petit matin. Il avait pris une décision : « J'aimerais que ce que j'ai bâti me survive. C'est mon legs au monde. Sois mon héritier, Cerbère. Tu es plus digne de l'être que quiconque. Je veux que tu assures ma postérité. »

Huit ans après notre départ, nous sommes rentrés à Constantinople. L'empire commercial de Nehmet Arkin égalait, sur les cartes, celui d'Alexandre le Grand mais lui n'allait pas bien. Son esprit était chaque jour plus confus. Il perdait ponctuellement l'usage de la parole et la notion du temps. Peu à peu, il me transmit les rênes de son empire et son savoir.

Je m'apprêtai à devenir l'un des hommes les plus riches de la planète. Je me doutais déjà que je ne vieillirais pas et m'imaginais réaliser le rêve de Nehmet : édifier la plus grande puissance commerciale de l'histoire des hommes. Je me jurai que mon empire prohiberait les guerres, sous peine de banqueroute des belligérants et qu'ainsi, la terre tournerait mieux. Je serais un rouage de l'amélioration de la condition humaine. Je pourrais continuer à jouir, à tuer, à m'enivrer, à déposséder, puisque je ferais le bien de l'humanité. En réalité, chaque jour m'apportait moins de jouissance. Je n'étais ni heureux ni malheureux, mais ailleurs. Je cheminais vers la mélancolie.

Mon mentor cessa bientôt de s'alimenter et il ne connut plus un instant de lucidité. Le corps suivit et en dépit de la dureté de cet homme, de sa cupidité, de la méfiance qu'il m'inspirait, j'éprouvai du chagrin en fermant ses yeux. Longtemps, je regrettai nos parties de dames toujours perdues.

Rien de ce qui avait été prévu ne se réalisa.

8.

Journal d'Anna Brown,
New York, 2 décembre 20--

J'ai fait vaciller Adrian. Il y a quelques heures. « J'aimerais découvrir Venise avec toi », lui ai-je dit. Une ombre a traversé ses yeux. J'aurais dû pousser l'avantage mais je n'ai pas pu. Je répugne encore à le confronter à ce que je sais de lui. Ce serait le début d'un viol. Je ne veux pas que la magie cesse. Je ne veux pas le perdre. Alors, je n'ai rien dit et je l'ai suivi dans sa calèche.

Quoi qu'il ait fait, j'aime cet homme. Mais je dois savoir. De toute façon, notre équation ne fonctionne pas. Je ne crois pas à l'amour platonique. Il faut son sexe dans le mien.

De retour, il s'est enfermé dans son bureau. Il y est encore… Pour écrire, peut-être toute la nuit, m'a-t-il dit. J'ai son odeur sur moi. Je n'imagine plus en être privée.

Il a oublié sa veste dans l'entrée. J'y ai trouvé un carnet aux fines feuilles. Adrian ne commet pas d'erreurs. C'était la première et je savais qu'il ne tarderait pas à s'en apercevoir. J'ai feuilleté nerveusement des pages qui semblaient avoir cent ans.

Je n'y ai pas compris grand-chose. Il y est question de nourriture, de saveurs, d'abstinence, de prouesses. J'ai lu des mots poétiques à propos des variantes de l'amour et d'autres, ésotériques, sur un voleur d'images. Sur une page, il avait surligné le mot « marionnettiste ». Ses pas approchaient et je n'ai pu continuer.

J'ai replacé le carnet à sa place, en toute hâte, et me suis jetée dans ses bras. Tout est bon à prendre. Il est de plus en plus tendu et sa gravité est de mauvais augure. Il sombre.

Avec lui, je n'ai peur de rien ; dès qu'il n'est plus près de moi, il me terrifie. Je ne peux vivre ainsi. Je dois cesser de repousser le moment de lui parler.

Il a effleuré de ses lèvres mon cou et ma nuque mais pas davantage. Je sens son désir entravé par des chaînes. Je l'en libérerai pour qu'il soit à moi et en moi. Après une telle attente, je veux que ce soit obscène.

Je pressens un drame et je veux l'empêcher. La nuit prochaine, je le forcerai à se dévoiler, quoi qu'il m'en coûte.

9.

New York, 3 décembre 20--, 4 heures du matin

Avant même les funérailles de Nehmet Arkin, on dépêcha une garnison entière pour me jeter en prison, m'accusant de l'avoir tué. Je fus torturé durant des jours. Mes tortionnaires, s'émerveillant de ma résistance à la souffrance, s'en donnaient à cœur joie. Le pire d'entre eux s'appelait Ismaël. Un homme trapu et sadique.

Pour le Sultan, le décès de Nehmet Arkin était une aubaine. La puissance de l'homme d'affaires le rendait insomniaque et il était exclu qu'un inconnu aux pouvoirs mystérieux hérite de son empire. L'opportunité de s'en emparer assurerait au Sultan le financement de ses guerres, et éliminerait la menace d'un pouvoir parallèle. Une telle occasion ne se représenterait pas pour le maître de la Sublime Porte : Cerbère étant un infidèle, le peuple ne permettrait pas que les richesses du pays bénéficient à un étranger. Qu'un des leurs l'affame était dans l'ordre des choses mais un étranger ne priant même pas leur Dieu, c'était inacceptable. Le Sultan devait néanmoins soigner les apparences de justice car j'étais devenu un homme important. La foule ne comprendrait pas qu'il en soit autrement.

L'acte d'accusation retenait les crimes d'empoisonnement, de magie noire et d'espionnage. Un malheureux concours de circonstances m'interdit tout espoir d'évasion.

Lorsqu'on me jeta dans un cachot, cela faisait des jours qu'au chevet de mon maître, je n'avais pensé à me nourrir. Mes ressources s'épuisaient et j'étais en permanence surveillé par quatre soldats, sans codétenu dans lequel j'aurais pu puiser. Le comble était le bâillon de fer imposé pour que je ne puisse livrer de secrets à quiconque. Il verrouillait les portes de mon pouvoir. La sagesse commandait d'attendre un moment plus propice pour m'évader. Il n'arriva jamais et, jour après jour, non seulement mes forces me quittaient, mais le manque me suppliciait. Survivre au sevrage était mon seul objectif. Je devenais obsédé par les saveurs humaines.

Faute d'obtenir de quelconques aveux, on déclencha une enquête.

Elle fut confiée aux meilleurs limiers du Sultan et remonta au gérant de l'hôtel qui m'avait parlé de Nehmet Arkin, des années auparavant. J'avais insisté auprès de notre maître commun pour qu'il l'intéresse aux bénéfices de la pension qu'il gérait. Je lui avais dit qu'il ne trouverait pas intendant plus honnête et que ce serait une bonne affaire pour tous. Nehmet avait accepté et, fort de cette recommandation, lui avait confié d'autres commerces, ce qui assura sa fortune. Interrogé par la police du Sultan, l'homme refusa obstinément de m'accabler mais, par inadvertance, causa ma perte en dévoilant mon origine vénitienne. Ses registres, bien tenus, permirent de dater mon arrivée. Il fut dès lors aisé de retrouver le navire sur lequel j'avais atteint Constantinople.

Au bout d'une semaine, on me traîna, enchaîné, dans le quartier du port, m'exhibant comme une bête. Au croisement d'une rue, une femme hideuse vociféra qu'elle me connaissait et que j'étais le fils du diable. Après un long moment, je reconnus la prostituée aux senteurs d'Orient à laquelle j'avais donné une bourse. On lui offrit un bon repas, quelques pièces et elle témoigna avoir été victime de ma sorcellerie, comme son amie, morte peu après que j'eus abusé d'elle. Cela constituait une base appréciable pour envoyer ma nuque rencontrer le sabre du bourreau mais le témoignage d'une prostituée ne suffisait pas. On trouva sans peine un des lieutenants de la milice d'Arkin pour aggraver mon cas. L'homme semblait sincère et ne cherchait pas à m'accabler. Son témoignage n'en fut que plus crédible. Voici ce que je l'entendis dire :

« Je m'appelle Sélim Matouk et je jure avoir côtoyé l'accusé de nombreuses années… Je l'ai vu séduire Nehmet Arkin à leur première rencontre. Il a tué ses meilleurs gardes comme des brindilles. Il entendait tout mais lui, on ne l'entendait jamais. Il voyait tout mais lui, on ne le voyait jamais s'approcher. Ténébreux, il ne nous parlait pas. Ce n'était pas de l'arrogance, plutôt de l'indifférence. En quelques semaines, notre maître s'est débarrassé de sa peur. Rien ni personne ne pouvait échapper à son cerbère. Partout où nous allions, cet homme s'imposait. On le craignait pour sa force et sa cruauté et il fascinait par sa beauté. Il fallait voir le regard des femmes sur lui. Il n'y était pas indifférent et toutes sortes de légendes couraient sur ses dépravations quand l'obscurité recouvrait les terres d'Islam.

C'était un prédateur calme et courtois. Il ne tuait ou châtiait que pour de bonnes raisons et le faisait sans la moindre expression de satisfaction, sauf quand il brisa les bras d'une brute qui, pour son plaisir, humiliait les jeunes recrues. Une réprimande aurait suffi mais ce jour-là, je l'ai vu enragé. Grâce à lui, la paix régnait dans l'empire d'Arkin car à eux deux, ils semblaient invincibles.

Nehmet Arkin était le pire des misanthropes et pourtant il aimait cet homme comme un fils et le plus étonnant, c'est que cet attachement semblait réciproque. D'un côté Cerbère avait pris un ascendant sur le maître lui-même mais de l'autre, on voyait qu'il cherchait à être aimé de lui.

Ma tente étant proche de la sienne, je l'entendais parfois hurler dans la nuit. Toujours les mêmes mots, “ce n'est pas ma faute”. Un soir, il criait si fort que je l'ai rejoint. Son sommeil était agité… et ses veines ouvertes. Je sortis avec précipitation. Au matin, ce démon étranger que nous redoutions serait mort et nous en serions soulagés. Quand le jour s'est levé, j'ai cru apercevoir un fantôme chevauchant un pur-sang. Aussi fier qu'auparavant. »

À ces mots, la police du Sultan arrêta le récit. La sorcellerie était établie. La description que venait de faire cet homme était juste et j'en étais accablé.

Au moins échapperais-je à la souffrance du manque. J'espérais de tout mon être que l'issue soit rapide.

Quand on vint me chercher le matin du jour fixé pour mon exécution, c'est au Sultan et non au bourreau que je fus conduit.

Parvenu à dix mètres du souverain, un coup de fouet d'une violence inouïe claqua sur mon dos. Maintenu à terre par un sabre posé sur ma nuque, je n'apercevais du seigneur que ses bottes quand j'entendis sa voix : « Tu n'es pas digne de poser tes yeux sur moi, misérable. Et pourtant, j'ai un marché à te proposer… Il se trouve que l'infâme porc dont tu étais le serviteur était prévoyant. Nous avons saisi la totalité de ses propriétés mais sa fortune reste hors de notre portée, ce qui est fâcheux. Les juifs qui le servent nous demandent tous la même chose pour obtenir son trésor : un code. Pire, ils ont reçu consignes de financer les armées de mes ennemis si nous ne leur donnons pas ce code avant une semaine. Je ne puis prendre un tel risque. Le comprends-tu ? »

M'adressant aux pieds du Sultan, concentrant mes dernières forces, je parvins à répondre : « Avec tout le respect que je dois au représentant de Dieu sur terre, pourquoi vous aiderais-je, Majesté ? Je suis torturé depuis des jours et je n'ai rien dit de Nehmet Arkin. Je ne le ferai pas davantage aujourd'hui. Je n'ai que faire de gagner quelques heures de vie ou une mort sans douleur. »

Le Sultan observa un silence : « Je sais... Je n'ai plus l'espoir de te faire parler sous la contrainte. Donc, je te propose la vie contre ces codes. Tu quitteras ce pays, libre. »

Un signe et on me redressa sur les genoux. Une étincelle de vie se ralluma et je rassemblai mes pensées. Mourir en disposant de tels pouvoirs était absurde. Tant pis pour les rêves d'empire de Nehmet Arkin. Sans lever les yeux, j'essayai de parler : « À peine vous aurai-je donné ce que vous attendez que je serai décapité, noble Sultan. » Le souverain enchaîna. « Je savais que tu dirais cela... Et je n'ai aucun moyen de te convaincre que je tiendrai parole. Je t'accorde donc la confiance que tu me refuses. Tu quitteras Constantinople dès ce soir à bord d'un navire de notre flotte qui te mènera où tu le souhaites et si tu veux vivre, jamais plus tu ne fouleras les terres ottomanes. » Abdülhamid Ier quitta son trône. « Une dernière chose. Mes espions ne sont pas mauvais. Si, avant une semaine, le trésor de notre empire ne s'est pas considérablement enrichi, tu mourras, où que tu sois, ton père mourra et les parents d'une certaine Clélia aussi. Je fais le pari que tu m'obéiras. Au pire, je perds ta mise à mort et tu vivras comme un rat tentant de m'échapper, ce qui n'est pas grand-chose. »

Le Sultan n'avait pas menacé ma mère. J'appris son sort un peu plus tard.

J'étais libre, sur un bateau, m'éloignant de Constantinople que j'avais tant aimée. Nous avons mis le cap sur Athènes où je savais qui contacter. Ces heures me firent regretter le soulagement que m'aurait apporté la mort. Je n'avais jamais été aussi loin dans le manque et mon cœur n'y résisterait plus longtemps. La nuit suivante, Ismaël, mon tortionnaire, est venu à moi, dans les cales du navire, probablement pour me frapper une dernière fois dans le misérable état où je me trouvais. Je n'étais plus enchaîné. Il s'est un peu trop approché. Je me suis repu de la capacité à aimer de mon bourreau.

Après qu'il m'eut ainsi sauvé, je me vengeai de lui grâce à l'une des images de sa vie et lui parlai de son père battant à mort sa mère, devant lui, enfant de dix ans, qui n'avait pas trouvé le courage de dire un mot pour s'y opposer. Cette image le hantait. Qu'elle lui soit contée par un étranger lui fut insupportable. Le lendemain, on le trouva pendu.

Je m'aperçois, Anna, que j'ai omis de te raconter un des phénomènes les plus étranges auxquels j'aie été confronté. Au cours des dernières heures de mon supplice, peu avant qu'Ismaël n'ait l'idée de me retrouver dans les cales, mes douleurs se sont atténuées. C'est à ce moment qu'est apparue ma mémoire prénatale et la vision de mes parents se détournant de moi. Des images d'une précision infinie me sont parvenues. Ensuite, plus rien. Je ne m'explique toujours pas ce mystère.

À l'approche des côtes grecques, mon état s'était nettement amélioré mais deux marins étaient portés manquants.

J'ai transmis au représentant d'Arkin les précieux codes. La fortune de mon ancien maître a fini par enrichir le Sultanat et il ne resterait rien de lui. Nehmet Arkin était l'homme le plus désespéré que j'aie connu et j'éprouve encore une certaine tendresse en l'évoquant.

Nous étions le 2 février 1792, j'étais libre et je disposais d'une fortune personnelle considérable. Mon errance a débuté ce jour-là. En quittant Constantinople, l'explorateur est devenu nomade. Je ne suis pas retourné dans cette ville avant qu'elle ne soit rebaptisée.

J'ai laissé Athènes, que je n'appréciais pas, à la recherche d'un nouveau chemin ou du moins de nouvelles aventures. À Sarajevo, par envie et désœuvrement, j'ai suivi de jeunes aristocrates décadents. Ma première orgie m'a autant marqué que la nuit avec les janissaires. Je goûtais des sexes comme à un banquet. Je les voulais tous. L'énergie que je puisais par mes lèvres alimentait mon désir à l'infini. Mes proies n'ont pas la même saveur lorsqu'elles sont pénétrées. Tout est plus onctueux. Le plaisir de mes papilles décuplait celui de mon ventre ou peut-être était-ce l'inverse. Puis les images arrivaient. Je volais l'amour et les souvenirs. Je sentais des seins sur mes cuisses, des langues sur mon torse, des parfums qui excitent, mes mains agrippaient des chairs et je voyais des vies défiler. Je m'enfonçais dans des corps inconnus, puis perçais les plus intimes secrets des âmes. Ces mélanges étaient une fête. Il y avait autant de saveurs différentes que de corps à aimer. Les effluves amoureux dont je me nourrissais variaient, de la glaise narcissique aux liqueurs les plus fines ; des vils sentiments de courtisanes aux émotions immaculées de jeunes filles rêvant de princes. Une féerie.

Je suis resté à Sarajevo le temps de me perdre dans ces jeux pervers. J'ai éprouvé le plaisir de la souffrance érotique jusqu'à l'extrême. Mes facultés de guérison me permettaient de jouer. Mais le plaisir des sens a cela de particulier qu'il perd en intensité lorsqu'il n'est pas transcendé. La lassitude me gagna et ouvrit une brèche. La mauvaise conscience s'y engouffra. La culpabilité n'oublie jamais rien, prête à surgir quand on ne l'attend plus ; elle ne meurt qu'avec son hôte. La vie ne fait que fournir des pansements.

Peu à peu, Constantinople s'éloignait et Nehmet Arkin s'effaçait. Je n'avais plus rien à faire en Bosnie si ce n'était le deuil de la légèreté. Je devais rejoindre Paris. Là où j'avais été conçu, là où le monde basculait.

Mon périple fut long. J'empruntai les forêts et routes de l'Empire austro-hongrois, contournant l'Italie par le nord. Je pensais à Clélia, à Cesare et à Lavinia dont je redoutais de découvrir le sort. Par moment, je retrouvais même l'enfant triste que j'avais été et me transportais dans le monastère de mon adolescence. J'épuisais mes montures et m'arrêtais dans de petites auberges où je m'approvisionnais. J'évitais les villes pour ne pas me distraire. Quelques semaines plus tard, je traversai la Suisse puis rejoignis Lyon et, enfin, Paris.

La ville était brûlante. Les sans-culottes manifestaient leur joie dans les rues. La veille, les révolutionnaires avaient obtenu l'abolition de la monarchie. Louis XVI n'était plus roi. L'impensable était advenu et l'Europe était sidérée. La première République venait de naître.

Il y avait une exaltation barbare dans les yeux des hommes et des femmes. Un retour à une colère animale. La foule assassina même des prisonniers dans leurs cellules. Trop de malheur transforme les peuples en bête féroce.

J'ai observé les Français durant des semaines. J'ai vu la guillotine fonctionner jusqu'à épuisement des bourreaux, les massacres succéder aux exécutions, les révolutionnaires se dévorer entre eux, les plus radicaux ayant pour priorité absolue de couper les têtes de leurs prédécesseurs. J'ai tant vu ce scénario se reproduire au cours des siècles, Anna. Le peuple souffre, se révolte contre l'injustice, les plus radicaux l'emportent finalement et le peuple souffre davantage. Quelles que soient la latitude ou l'époque, c'est ainsi.

Je parvins à enfouir ma langueur naissante sous les braises de l'époque et les prémices de ce qui allait devenir ma profession.

L'ancienne Bibliothèque du Roi, devenue celle de la Nation, était installée rue Richelieu, dans l'ancien palais de Mazarin. Elle était restée ouverte au public et le temps semblait s'y être arrêté. J'aimais le silence qui y régnait. Je me suis installé dans un hôtel à proximité et chaque jour je consacrais plusieurs heures aux milliers de manuscrits que ce lieu abritait. Je me liai vite d'amitié avec les bibliothécaires. Je les interrogeais sans relâche. Ils m'enseignaient par plaisir de partager leur passion.

Auprès d'eux, j'ai appris à connaître les grands enlumineurs en commençant par Jacquemart de Hesdin et les peintures des fameux ateliers de Hollande ou d'Italie qui illustraient les plus beaux manuscrits. J'ai découvert les reliures du vicomte Grolier, en maroquin avec tranches dorées. J'ai appris à distinguer les papiers et les tirages… tout ce qui fait la valeur des livres. J'ai contemplé chaque page des *Très Riches Heures du duc de Berry*, œuvre d'art sans pareille dont la couverture originale était ornée de rubis, de saphirs et de perles ; j'ai lu des lettres inestimables de Ronsard et de Descartes.

Mon œil s'aiguisait, l'instinct du collectionneur se formait. J'éprouvais la joie de dénicher une pièce magistrale dans un vieux grenier. Je n'ai cessé d'approfondir mes connaissances.

Mes journées étaient littéraires et paisibles quand mes soirées étaient politiques et fiévreuses. Je participais à la vie des clubs et j'assistais aux débats passionnés entre Girondins, Montagnards et enragés. Les meneurs révolutionnaires étaient transcendés par leur cause. L'époque allait chercher le charisme au fond des hommes et le nourrissait jusqu'à en faire des demi-dieux. Puis elle les consumait. J'ai connu Danton, Marat, Desmoulins, Fabre d'Églantine, Hérault de Séchelles. Des êtres fascinants et terrifiants.

Un soir, je me suis décidé à retourner dans l'hôtel particulier dans lequel mes parents m'avaient conçu. L'ami de mon père, le duc de Vendôme, vivait encore. Il me reçut aimablement. Nous avons parlé de la Révolution, de ma vie que j'inventais et de la sienne qu'il finissait. J'étais sur le point de prendre congé quand les seuls mots que j'attendais de cet homme ont été prononcés.

Je savais ce qu'étaient devenus Cesare et Lavinia.

Le lendemain, je partis pour Venise.

Ces dernières années, des cauchemars avaient certes troublé mon esprit mais celui-ci avait créé des fortifications et des détours pour se protéger du passé. Quelques mots de menace prononcés par le Sultan avaient brisé ces remparts. J'ai chevauché jour et nuit, sans sommeil. Je devenais mon pire procureur et mon juge le plus impitoyable. La sentence que je me décernais était sans appel : j'étais un criminel. Les hasards de la nature, la pulsion de vie n'étaient pas des excuses. Aucune circonstance atténuante.

Une nuit de lune claire, je frappai à la porte de la maison où je n'avais cessé de quémander un peu d'amour.

La bonne à la poitrine généreuse, celle qui me consolait autrefois, ouvrit la porte. Je voulus me jeter dans les bras de cette vieille femme mais à l'évidence, elle ne me reconnaissait pas. Comment l'aurait-elle pu ? Elle écarquilla les yeux quand, ne pouvant retenir mon affection, je caressai sa joue ridée en prononçant mon nom. « Je suis venu voir mon père et vous supplie de m'amener à lui », lui dis-je. Elle me dévisagea sans un mot, cherchant les traits de l'enfant dont elle avait eu pitié.

Elle me guida en sanglotant. Il était alité dans son bureau entouré des toiles enfantines d'Adriana. Il ne voyait presque plus mais me reconnut immédiatement. Cet homme était la dernière ancre qui m'arrimait à l'humanité. Un médecin désœuvré était à ses côtés ainsi qu'un prêtre. Cesare était rongé de l'intérieur. Probablement un cancer. À l'époque ce mal était inconnu, alors on parlait, au choix, de la volonté de Dieu ou de l'œuvre du Malin. La croyance autorise toutes les contradictions. D'autres évoquaient un *grand malheur* et, toujours, un ou deux proches accusaient la mélancolie. Ceux-là auraient eu raison. Le passé tuait mon père. Je me suis avancé vers lui. Il était squelettique. Je me suis assis à côté de son lit et pour la première fois depuis mon départ de Venise, j'ai pleuré. Je ne pouvais plus m'arrêter. Il a saisi ma main.

« Ainsi, tu es vivant, Adrian… pourquoi t'es-tu sauvé… où étais-tu quand ta mère nous a quittés ? Qu'es-tu devenu ?

— Je devais partir, père. Vous m'aimiez si mal, mère et vous. À cause de cela, il s'est passé quelque chose, comme une maladie qui m'a changé… »

Cesare tentait de combattre la souffrance qui retient le souffle et les pensées. Il me confia voir sa fin approcher depuis des mois et ne la repousser que dans l'espoir de me revoir. Nous avions tant à nous dire. Il pétrissait ma main avec une force étonnante. Je la lui abandonnais. J'aurais voulu qu'il y puise ma force. Lentement, il me raconta la mort de ma mère.

Après la nuit maudite, Lavinia se réveilla fiévreuse et délirante, évoquant une bête malfaisante qui aurait pénétré sa chambre et son corps. Mais la fièvre s'estompa et Cesare ne reconnut plus sa femme : d'ordinaire si sombre, elle paraissait légère, insouciante, se moquant même de l'humeur de son époux. Elle lui dit qu'il était temps d'oublier le passé et de remplacer la souffrance par la joie. Quant à ma disparition, elle l'indifférait.

J'avais donc dépossédé ma mère de son amour pour ses enfants.

Les premiers jours, ce fut une délivrance pour Lavinia et jamais Cesare ne connut son épouse si heureuse. Lavinia se sentait bien. Elle semblait même ne jamais avoir souffert. Cesare pensa que sa femme avait perdu la tête.

Il poursuivit ainsi son récit : « Le discours de mon épouse était cohérent, selon les médecins et les hommes d'Église dépêchés pour l'ausculter. Ils avaient raison mais précisément, c'est ce qui n'allait pas. La personne que je voyais n'était pas celle que je connaissais depuis mes vingt ans. La même nuit, j'avais donc perdu mon fils et ma femme. Le jour, je te cherchais, la nuit je veillais Lavinia.

Une semaine après ton départ, ta mère s'est glissée dans mon lit. Nous n'avions plus fait l'amour depuis la nuit de ta conception. Pardon de te parler de cela mais elle s'est jetée sur moi avec une violence frénétique et un regard halluciné. Le lendemain, elle but un verre de vin au réveil. Elle n'avait jamais aimé l'alcool. Elle a bu jusqu'à l'ivresse, des jours durant, et la nuit venue, elle disparaissait pour se donner. Elle rentrait souillée, me reprochant de ne pouvoir la remplir. Elle se délectait en me détaillant la jouissance qu'elle éprouvait à n'être qu'un objet. Elle, si dévote, était possédée par le vice. J'ai traversé l'horreur. Tout Venise en parlait, condamnant la catin qu'était devenue ma femme. Je me trouvais marié à la pire traînée de la cité. Je l'ai soutenue du mieux que j'ai pu, comprenant que sa résistance à la souffrance avait cédé et qu'elle ne cherchait qu'à se suicider. J'espérais une rémission mais au contraire, son âme sombrait. Elle se mit à battre et à insulter notre personnel qui, peu à peu, nous quitta, ne supportant plus sa folie. Pour finir, elle invita des hommes dans ma propre demeure, prenant plaisir à ce que je ne manque rien de ses dépravations.

Deux mois plus tard, des lésions sont apparues sur le corps de Lavinia et la fièvre ne la quittait plus.

Étrangement, la syphilis me l'a rendue. Elle était apaisée et jamais ne fut aussi tendre depuis la mort de nos enfants. La maladie avait pris la place du vice.

Un soir, elle me fit promettre de t'attendre, Adrian, pour te demander pardon en son nom. Elle pleurait en silence. Elle me dit sa passion pour moi, malgré nos malheurs. L'amour est mort lorsque l'on cesse d'avoir besoin de ressentir celui de l'autre et cela n'était jamais survenu. Je l'ai veillée toute la nuit, m'endormant à l'aube. Elle en profita pour avaler une fiole d'arsenic. C'est ainsi que ta mère est partie, Adrian. »

Ses dernières phrases, il les avait prononcées en détachant chaque syllabe. Ce qu'il ne savait pas, c'est que ma mère était morte d'avoir été dépossédée de l'amour qu'elle n'avait pas su me donner. Sans le vouloir ni le savoir, je l'avais châtiée par là où elle avait péché.

Les impitoyables Érinyes, vengeresses des crimes familiaux, ne me lâcheraient plus. Du sang s'écoula de mes yeux.

Soudain, le débit de mon père redevint fluide et son corps sembla se détendre. Le prêtre et le médecin se figèrent devant la maladie qui reculait. Cesare poursuivit avec un regard clair :

« Nous n'avons pas eu le courage de t'aimer, Adrian… Notre peine aurait fini par céder à l'amour mais avant que cela n'arrive, elle a conduit à la peur. Celle de te perdre. La peur nous avait condamnés au malheur, Lavinia et moi, bien avant ta naissance. Avant même

Adriana et Federico. La peur de la vie, celle de nos reflets, celle de tourner le dos à notre enfance, celle de nous regarder comme nous étions. Ta mère avait du courage pour tous, sauf pour elle-même. Nous ne voulions pas voir que nous t'aimions. Il n'y a rien que je puisse faire pour réparer ce que nous t'avons fait subir, le vide dans lequel tu as grandi. Ta mère et moi n'avons jamais quitté ce désert. Puisse le seigneur t'aider à t'en échapper, Adrian. Je ne me le pardonnerai pas. »

La main de mon père glissa.

Je l'ai embrassé. Ce fut mon premier contact avec les lèvres d'un mort. Il ne s'agissait pas de me nourrir mais d'emporter une part de lui. Ses images. Le cerveau survivant au cœur le temps d'un baiser, elles étaient encore présentes. Une fraction de seconde plus tard, il n'y avait plus que du noir. Le film de nos vies défile avant notre dernier souffle, ce n'est pas une légende. J'ai découvert l'histoire de mon père.

J'ai vu la honte de Cesare quand Lavinia lui dit connaître la réalité de ses mœurs ; je l'ai vu, une nuit, aux côtés de sa femme, pleurer en silence de ne pas aimer son corps ; son image m'est encore apparue alors qu'il riait de bonheur devant les gestes de sa fille adorée et s'attendrissait de la sensibilité de son fils ; je l'ai aperçu dans une ruelle sombre de Venise, derrière un masque ; je l'ai retrouvé à Paris au milieu des Lumières ; je l'ai entendu proposer à Lavinia de demeurer dans cette ville ; j'ai vécu la nuit d'amour où je fus conçu et j'ai entendu le blasphème de mes parents, se jurant amour et fidélité sur le ciel, les étoiles et les dieux, en dépit de ce qu'ils étaient ; j'ai vu mon père et ma sœur dans l'atelier d'un sculpteur dont le bambin toussait et je l'ai vu pleurer ses enfants perdus.

Ces scènes se sont gravées en moi et alors que je t'écris, mon amour, peu avant ma propre mort, elles restent aussi nettes qu'en 1792. J'ai vu ma vie par les yeux de mon père.

10.

New York, 3 décembre 20-- (suite)

J'ai interrompu mon récit pour jouir de ton sommeil une dernière fois, Anna. Tu semblais dormir moins profondément que les nuits précédentes. Une force me portait vers tes lèvres. Je me suis approché comme dans un rêve. J'ai senti ton souffle. J'avais déjà connu cette scène avec Lavinia. Cette fois, je suis parvenu à m'éloigner. Ma souffrance n'a jamais été vécue. Ce soir, elle prendra fin.

Il me reste deux siècles de ma vie à te conter mais tu sais déjà l'essentiel.

À la mort de mon père, je suis resté six mois à Venise, organisant ses funérailles et la vente du patrimoine dont j'avais hérité. Suivant les enseignements d'Arkin, j'ai dispersé ma nouvelle fortune auprès de banquiers juifs. J'en utilisai une partie pour acquérir d'innombrables livres d'exception, y compris auprès de mon ancien collège jésuite. Aujourd'hui, des collectionneurs se damneraient pour en disposer. Je me séparai aussi de notre demeure familiale au bénéfice d'aristocrates français fuyant la

Révolution. Je ne conservai que les tableaux de princes et de princesses peints par ma sœur avant ma naissance.

Durant les mois qui suivirent, ma vie fut ascétique. Je ne fréquentais personne et peu à peu, j'acceptais ma condition, cette fois comme une fatalité. Le temps de la revanche était passé. Des rumeurs commençaient à courir. Ma métamorphose ne pouvait qu'être le fruit d'un pacte avec le Malin. Le prêtre et le médecin présents au chevet de mon père, surpris de mon baiser, insinuèrent que j'étais un nécrophage incestueux, une engeance exceptionnelle. Ma richesse créait l'envie et l'on m'accusa bientôt, à voix basse, d'avoir hâté le décès de mon père.

La découverte de mes facultés avait, durant près d'une décennie, écrasé le souvenir de mes parents. Je crois que cela m'avait permis de conserver l'espoir de les retrouver et, pourquoi pas, de ressentir un jour leur amour sans avoir à le dérober. Toujours l'espoir, cet architecte des plus folles illusions. Mais d'espoir, il n'y en avait plus. Jusqu'à la fin des temps, il me faudrait vivre avec le vide.

Plus rien ne me reliait à l'humanité et le sens de ma destinée m'échappait à nouveau. Mon humeur était erratique : maussade, dépressive, ponctuée de bouffées de toute-puissance et de rêves de plaisirs déchaînés. Lorsque, dans le ventre nourricier, la peur a été ressentie avant l'amour, la vie est un chaos perpétuel.

Les menaces des hommes se précisant, j'achetai des passeports à des noms différents. Je profitai aussi de mon retour pour régler certaines dettes. Le plus sadique des bourreaux de mon enfance occupait une fonction d'importance dans la police du doge. Sa brutalité et son nom lui assuraient d'heureuses perspectives de carrière. Il avait épousé une camarade d'école, précisément celle qui le poussait à me maltraiter. Il aimait cette femme depuis toujours. Je l'ai séduite et embrassée, longuement. La vie du couple bascula dans l'horreur.

Une nuit, je me suis rendu au cimetière où ma famille reposait. Je me suis couché entre les tombes de Lavinia, Cesare, Adriana et Federico, espérant qu'une direction m'apparaîtrait. Après plusieurs heures, un chat approcha. Il s'est allongé sur la tombe de Federico, entamant sa toilette. J'aurais juré qu'il s'agissait de Plume. Soudain, il s'est interrompu, me fixant intensément. Il s'avança et frotta sa tête contre mon menton, exactement à l'emplacement de la cicatrice héritée du sauvetage de Plume. Il semblait me demander ce que j'avais fait de mes neuf vies. Puis il s'est sauvé.

Il me restait plusieurs vies à explorer. Il était temps de partir.

Mes affaires réglées, je fis mes adieux à Venise.

*

À nouveau la mer m'emportait. L'Empire ottoman m'étant interdit, je pris la direction du sud, contournai l'Italie, changeai d'embarcation en Sicile, avant de traverser la Méditerranée jusqu'à Séville où, comme je te l'ai relaté, le sort s'est acharné à me priver de liberté.

Parvenu à Gibraltar après mon évasion, j'embarquai sur un navire à destination du royaume wolof.

Au cours des vingt années suivantes, j'ai parcouru le continent africain. J'ai vécu avec les Massaï, apprenant à célébrer le dieu En-Kai puis chassant avec les Hadza sur le plateau du Serengeti. Pour eux, j'étais *l'homme qui court plus vite qu'un lion.* Sur ce continent, on ne jetait pas les sorciers au bûcher. J'ai découvert une société ne connaissant ni morale religieuse, ni propriété privée, ni chef et, durant des années, j'ai exploré un territoire abritant les bêtes les plus extraordinaires. Mon odorat, ma vision et ma vélocité m'ont permis de les approcher et je consacrai des mois à les observer. Avec les Wakamba, j'ai gravi le mont Kenya. Dans la région des grands lacs, à l'est des Montagnes bleues, j'ai appris le langage des gorilles. Ces colosses me transmettaient leur sérénité. Je me suis blessé mille fois et, grâce à mes facultés, j'ai guéri aussi souvent. Pourchassé par des peuples qui n'avaient jamais vu d'homme blanc, j'ai appris des dizaines de dialectes, prélevé mon élixir de vie sans causer de dommages et perçu que la texture de l'amour variait selon les continents. Celui des femmes africaines était épicé et enivrant. C'était un concentré. Plus tard, je me suis nourri de l'amour de femmes de couleur vivant en Occident mais je n'ai jamais retrouvé cette saveur. Tenté par la normalité, j'ai connu des relations suivies mais jamais la paternité. La chose devint évidente : j'étais une erreur. Toute forme de vie ne pouvant se perpétuer est une aberration. Rien ne me portant plus à la révolte, je l'acceptai. Une anomalie ne se reproduit pas. En contrepartie, je ne connaîtrais ni la maladie ni la mort.

Je me passionnai pour les masques et étendis mes collections aux arts de l'Afrique tout en perfectionnant la maîtrise de mes facultés. La légende de l'homme blanc plus rapide que les lions est devenue une épopée qui se racontait au coin du feu. Loin de mon histoire et de ma culture, perdu dans la nature, réconcilié avec elle, j'ai trouvé une forme de paix. Nul continent n'offre autant de beauté aux yeux émerveillés.

La nature m'a réconcilié avec la vie mais pas avec l'humanité. Les Occidentaux, les Arabes et les Africains eux-mêmes se surpassaient en atrocités, organisant les traites, les déportations, la transformation de milliers de femmes, d'hommes et d'enfants en marchandises.

En 1812, je partageais depuis trois ans l'existence d'une paisible tribu akpouè dans ce qui est devenu la Côte-d'Ivoire. J'étais las de mes expéditions et j'avais trouvé refuge auprès de ce peuple pacifique connu pour ses talents de sculpteur. J'étais tendrement épris d'une fille de reine dont je partageais la couche. La beauté d'Allangba était un spectacle. Elle était exigeante, parfois autoritaire, mais plus tendre qu'on ne l'avait jamais été avec moi. On ne se connaît qu'au travers de l'être aimé. Il faut un miroir pour se voir avec lucidité. Aux côtés de cette femme, j'ai effleuré cette connaissance sans jamais avoir la chance de la posséder, incapable de pouvoir véritablement aimer.

Elle avait un fils de six ans prénommé Langui avec lequel je passais de longues journées. Je me suis attaché à cet enfant plus que je ne l'imaginais.

Une nuit, notre village fut attaqué par une tribu d'esclavagistes. Les Akpouè étaient de piètres guerriers et nos adversaires étaient trois fois plus nombreux. J'en ai tué autant que j'ai pu avant qu'ils n'incendient le village, tuent, violent et ne me transpercent d'une lance. Un vieillard, parmi les rares rescapés, prit soin de moi et, en moins de deux jours, je récupérai mes forces. Alors, je vis l'horreur.

Langui avait péri dans les flammes et son petit corps calciné fut la tombe de ma raison. Sa mère avait été enchaînée avec les autres et entraînée dans une longue marche qui devait la conduire au port de Lagos, où elle serait vendue comme du bétail.

La violence contenue en moi depuis mon arrivée sur les rives d'Afrique se libéra. En une fraction de seconde, la paix avait disparu de mon cœur.

Je me suis mis en route, décidé à libérer Allangba et à démembrer jusqu'au dernier des assassins de son peuple. Mes pensées avaient la couleur du sang. J'ai pisté nos bourreaux durant des jours avant de les atteindre. Tapi dans l'obscurité, je m'emparais des plus éloignés du groupe et les vidais avant de les tuer. J'accumulais une puissance qui réclamait vengeance. La troisième nuit fut la plus sanglante de mon existence. L'image du petit cadavre de Langui m'obsédait.

Muni de deux poignards, je n'étais qu'une silhouette qui tranchait les gorges, dépeçait, amputait, éventrait. Mes victimes hurlaient en tentant de fuir le diable. Certaines me supplièrent à genoux de les épargner, en vain. J'ai tué les femmes qui les accompagnaient puis, un à un, les adolescents qui avaient pris part à l'attaque de notre village en guise d'initiation. J'ai pourchassé les fuyards jusqu'au dernier. Je n'en laissai pas un en vie. Le massacre dura plusieurs heures sans que ma rage faiblisse. Lorsqu'au petit matin j'ai délivré la douce Allangba, j'étais recouvert de sang et de chair. Dans son regard, je n'ai pas vu la reconnaissance mais l'effroi. Ma sauvagerie les avait libérés, elle et son peuple, mais seule une bête pouvait agir ainsi. Ce jour-là, ma violence m'horrifia.

Sur le chemin du retour, aucune parole autre que des lamentations ne fut échangée. Je quittai le groupe sans adieux. Je n'eus pas le courage d'affronter à nouveau le regard d'Allangba. Il n'y avait rien à dire. La vie me rappelait ma malédiction. La normalité m'excommuniait. Je devais quitter l'Afrique.

*

J'ai accosté en Louisiane sous la présidence de James Madison. Les États-Unis d'Amérique avaient déclaré leur indépendance, s'étaient constitués en république et avaient acheté cet État à la France napoléonienne pour quinze millions de dollars. J'ai découvert une société européenne enrichie de l'enthousiasme d'un nouveau monde. Le loup en moi était heureux de retrouver un terrain de chasse aux saveurs connues. L'agneau aurait voulu imaginer une autre voie. J'ai fui les États esclavagistes du Sud jusqu'à New York. Tout était à inventer. Pressentant que cette ville serait le centre du monde, j'ai employé ma fortune à acquérir, à bas prix, plusieurs hectares d'une île que l'on appelait Manhattan. Le dynamisme ambiant me transforma peu à peu en homme d'affaires et c'est à cette époque que je commençai à élaborer l'architecture de dizaines de sociétés destinées à assurer mon anonymat. J'ai pris goût à ce jeu, m'attendrissant une fois de plus sur mon mentor ottoman dont je ne peux dire s'il était le plus cynique ou le plus idéaliste des hommes. J'ai élu New York comme port d'attache. Les années suivantes, tout en créant les bases de mon futur empire, j'ai défini les règles de ma survie. Dissimuler mon éternelle jeunesse ne posait pas tant de difficultés en un temps où la diffusion de l'information et des images était embryonnaire. Il suffisait de changer de ville ou de pays tous les dix ou quinze ans et de ne plus s'y aventurer. Ce délai n'a cessé de se raccourcir et protéger mon secret est devenu l'une de mes principales occupations.

Le souvenir de mes vies passées s'estompa. À l'exception de toi, Anna.

Mon existence devint celle d'un grand bourgeois, séducteur et mystérieux. Mon aspect changea. D'une vie quasi sauvage, je passai à celle d'un dandy soigné et cultivé, légèrement arrogant, vêtu de costumes trois-pièces de la meilleure facture. Je participais à la vie mondaine de New York sous l'identité d'Adrian Gott, que j'ai privilégiée plus que d'autres à travers les siècles. J'assistais à l'expansion fulgurante d'un pays. Ma culture et ma fortune m'ouvrirent les clubs les plus fermés. Je brillais dans la bonne société, abusant de ses femmes, mais le plaisir s'évanouissait. C'est à cette époque que je me suis remis à lire.

Nous étions en 1819. J'avais cinquante ans mais n'en paraîtrais jamais plus de vingt-cinq. Je décidai d'explorer les capitales des lettres et des arts pour atteindre l'objectif que je m'étais fixé : collectionner autant de livres que possible ; protéger ces prodiges et toutes les œuvres d'art que je pourrais acquérir. Il y avait un chemin de mon enfance à cette vie. Mes collections sont devenues ma raison de vivre.

Je prévoyais de voyager deux ou trois ans. Mon errance dura un siècle.

Mon périple commença à Prague où j'assistai à la plus émouvante des interprétations de la *Passion selon saint Matthieu*. Cet oratorio de Bach m'a suivi jusqu'à Londres sous le règne du roi fou, George III. Je m'arrangeai pour dîner avec Lord Byron que j'admirais et découvris un détestable prétentieux, me jurant alors de ne plus tenter de rencontrer mes idoles. C'est par hasard que je croisai John Keats qui, lui, était délicieux. Ce génie avait vingt-quatre ans, venait d'achever un de ses plus sublimes poèmes, *Endymion*, et se suicida un an plus tard. Tous deux avaient un point commun : leur enfance fut atroce, comme celle de tous les grands hommes. C'est une règle qui ne souffre pas d'exception. Le bonheur n'enfante pas la folie nécessaire au dépassement.

J'ai trouvé un équilibre entre la découverte du monde, l'accomplissement d'un dessein au travers de mes collections et l'assouvissement de mes sens. Ma sainte trinité. Pour me nourrir, je jouissais des femmes, séduites par mon apparence autant que par l'intensité qu'elles me disaient ressentir. Chaque soir, je leur volais un peu de vie, les entraînant sur le chemin de la liberté, là où l'inhibition n'était plus et, parfois, je retrouvais la débauche qui transformait le monde en festin. Quand l'occasion se présentait, je sauvais des vies. Je rôdais des nuits entières dans les ruelles sombres de l'époque prévictorienne où les pires malfrats sévissaient. Lors d'une nuit aux reflets pourpres, je m'acharnai sur trois hommes qui s'apprêtaient à violer une enfant. Une autre fois, je fis justice sur des voyous battant à mort un vieillard pour quelques pennies. J'aurais pu me satisfaire de soustraire ces malheureuses victimes à leurs bourreaux mais j'avais besoin de prendre leurs vies et de voler leurs images. J'en faisais collection autant que de livres. Quand ce n'était pas Bach qui accompagnait mes maraudes sanguinaires, c'était Haendel et son *Messie*.

De Londres, j'embarquai pour les Indes puis gagnai la Chine. Je remplis des coffres d'objets, de vases, de sabres et de statues dont je pressentais qu'ils vaudraient des fortunes. Il suffisait d'attendre et j'avais des siècles devant moi. Je me procurai à bon prix les éditions rares de jeunes auteurs prometteurs : Balzac, Hugo, Baudelaire, Wilde ou Stevenson et je raffinai sans cesse l'entrelacs de sociétés préservant mon anonymat. Je vendis certains de mes biens les plus anciens pour financer mes acquisitions mais je participai aussi à des duels, des joutes et des jeux qui alimentaient ma gloire aussi bien que mes finances.

J'ai parcouru le monde pour occuper mon éternité. Chaque jour je gagnais en connaissance et m'égarais un peu plus. J'ai vécu dans le dénuement, en Birmanie, avec des moines qui m'enseignèrent la méditation, puis dans le faste de la cour de Russie. À Samarcande ou Ispahan, j'ai goûté mille drogues ; j'ai vu les vestiges nabatéens et ceux des empires d'Alexandre et de César ; j'allais toujours plus loin, explorant la Nouvelle-Guinée et sa forêt de nuages, le Japon et ses rites ancestraux. J'ai contemplé ce que les hommes avaient créé de plus grandiose et visité tous les bordels de la terre. Ma richesse croissante me permettait toutes les excentricités. Surtout, je découvris de nouvelles saveurs. La ressource était inépuisable et je devais me nourrir avec régularité afin d'en éviter les excès. Sais-tu, Anna, quel est l'élixir roi ? Plus subtil encore que la passion des amants ? J'ai goûté à l'amour inconditionnel des enfants pour leurs parents. Sa saveur est moelleuse, charpentée, riche en umami et relevée d'une note métallique : celle du narcissisme tyrannique des enfants. En un temps douloureux, j'ai moi-même éprouvé ce sentiment absolu pour Cesare et Lavinia. Je me suis peu approché des lèvres d'enfants, un reste de morale me l'interdisant, mais parfois, dans leur sommeil, j'y succombais et les effleurais. Je crois que les peintures de Brueghel et les sculptures de Michel-Ange sont les fruits de cet amour sacré que les enfants portent en eux et que certains conservent. Je prenais soin de n'en dérober qu'un zeste.

J'ai vécu avec de nombreuses femmes mais plus je me nourrissais de leur amour, moins j'en éprouvais.

J'ai vu tant de choses au cours de mes vies… Des vies que je m'imaginais partager avec Clélia. Quelle que soit la musique, de la plus triste à la plus joyeuse, c'est elle que les notes appelaient. Le fantôme de ma bien-aimée m'obsédait.

Mon immortalité s'écoulait ainsi, entre rencontres extraordinaires, pièces rares, vies que j'écourtais ou sauvais, exploration des confins du monde et souvenir de toi.

Quand l'opium pénétrait mon esprit jusqu'à la déraison, je parvenais à rêver. Toujours de toi. L'un de ces songes revenait sans cesse.

Dans une ruelle de Venise, enfant, j'étais battu, humilié par ceux dont j'aurais voulu qu'ils soient mes camarades. Lavinia apparaissait pour me sauver mais mes tortionnaires riaient aux éclats au lieu de décamper. Je ne comprenais pas. J'apercevais alors le regard horrifié de ma mère, ressentant, dans le même temps, la morsure du feu. Je m'étais incendié. Une torche humaine. Les enfants riaient de plus belle et ma mère hurlait. Je m'approchais d'elle mais soudain c'est Clélia qui la remplaçait. Nous étions à New York, dans une cathédrale de pierre. Le Christ y avait été détrôné par la statue d'un archange. Rouge sang. Ses ailes étaient immenses. Nous étions adultes. Je brûlais toujours mais n'éprouvais plus de douleur. Clélia était caressée par les reflets des flammes, nue, belle. Je ne pouvais l'approcher sans la brûler. Cette frustration était un supplice. Un cerf aux bois gigantesques traversait la scène et l'orgue jouait seul le *Requiem* de Berlioz. Clélia venait à moi. Sous les yeux de l'ange, je lui faisais l'amour et elle survivait. Elle était inéluctable. À ce moment, l'ange s'animait et saisissait l'épée de saint Michel terrassant le dragon dont la peinture ornait un mur. Il se dirigeait vers nous pour nous transpercer ou nous sauver, je n'ai jamais su… Le rêve s'arrêtait là.

11.

Journal d'Anna Brown,
New York, 2 décembre 20--

Mon esprit se cogne contre les murs en tentant d'en apprendre davantage sur Adrian Gott.

J'ai effectué des recherches sur chacun de ses noms d'emprunt mais aucun ne semble exister. La modernité a aboli l'anonymat mais, pour quelques-uns, offre de faramineuses possibilités d'effacement. Plus rien n'est inscrit dans le marbre. Tout peut se modifier, se falsifier, disparaître. Ce n'est qu'une question de moyens, ce dont Adrian ne manque pas. Parvenir à rester dans l'ombre à son niveau de fortune et de séduction est le privilège des hommes parmi les plus puissants et dangereux.

Je me suis décidée à prendre un risque pour suivre la seule piste que je n'avais pas exploitée : Adèle Gladstone, l'ancienne maîtresse dont l'enquêtrice de la SEC m'avait parlé.

Dévoiler mon véritable dessein n'était pas envisageable mais après tout, n'avais-je pas été brutalement remerciée, carrière de danseuse brisée, du seul fait de ma maladie ?

Lorsque je suis entrée dans son cabinet d'avocats, les battements de mon cœur couvraient le son de ma voix. Elle m'a accueillie par un sourire et tendu une main aux ongles courts et très rouges. J'ai respiré son parfum. Elle portait une minijupe avec des collants en coton. Je ne connais personne portant des collants en coton. Totalement désuets et pourtant j'ai eu envie de les toucher. J'ai joué à la danseuse éplorée sans difficulté mais la teneur de notre conversation n'avait aucun intérêt.

Adèle Gladstone respirait l'intelligence. Elle était sûre d'elle et me proposa des stratégies d'action. Sans illusion, je scrutai chaque objet de son bureau à la recherche d'un indice mais ne trouvai rien qui puisse m'éclairer, sauf à considérer qu'une lithographie du chien menaçant de Roy Lichtenstein serait une allégorie d'Adrian. Adèle aimait le Pop Art.

Elle me défendait déjà et surtout, elle me dévorait. Son regard était doux, bienveillant et il me déshabillait. Il y avait une telle générosité et tant de simplicité dans sa manière de vous transformer en objet de désir, qu'il devait être impossible de s'y refuser. Adèle devait regarder ainsi l'entièreté de l'humanité. Je saisissais ce que l'enquêtrice de la SEC tentait d'exprimer en évoquant sa sensualité. Je n'étais pas jalouse mais envieuse. Cette femme avait fait l'amour avec Adrian et je n'avais aucun doute sur le plaisir qui les avait unis.

C'est elle qui a mis fin à notre entretien, devant se rendre à un enterrement. Il ne s'agissait pas d'un proche, me dit-elle, comme pour justifier son humeur séductrice.

Je n'avais rien appris mais agir m'apaisa. Si Adrian avait connu une sorte de normalité avec cette femme, il devait pouvoir en être ainsi entre nous. Je pourrais la revoir, la faire parler mais alors ce serait autre chose, une trahison impardonnable.

12.

New York, 3 décembre 20-- (suite)

Je me suis assoupi quelques instants. Peut-être est-ce dû à ce songe dont je cherche toujours à connaître l'issue. Mais reprenons car le temps manque.

En 1908, les hasards de mes aventures m'ont ramené à Paris. Cette ville ne ressemblait guère à celle connue en 1792. Un nouveau monde avait succédé à l'ancien. J'avais entendu parler d'un lieu du 18e arrondissement où de jeunes et talentueux artistes se réunissaient. J'ai séjourné quelques semaines au Bateau-Lavoir, côtoyant Juan Gris, Brancusi, Modigliani et un jeune homme appelé Picasso. Il y régnait une énergie si puissante que j'en ai oublié ma solitude. J'y ai été accueilli, précédé d'une réputation de riche collectionneur et, de fait, j'achetais d'innombrables œuvres à ces jeunes créateurs tout en goûtant à la liberté de leurs mœurs.

Paula est apparue dans ma vie la nuit du banquet d'accueil du Douanier Rousseau. Elle avait dix-neuf ans, était modèle et prêtait sa plastique aux pinceaux des artistes.

Plus d'un siècle s'était écoulé depuis la révélation de mon don. Seules les dix premières années furent exaltées. Peu à peu, le cynisme, la folie et l'ennui s'étaient installés. Parfois, je ressentais une divine tristesse qui me procurait le sentiment d'être encore humain. Parvenu à Paris, je n'avais plus ni curiosité ni intérêt ni convoitise, excepté pour la seule chose que je ne pouvais posséder : le sentiment qui me conférait tant de pouvoirs et dont l'absence, depuis ma naissance, causait mon malheur. Ma longévité creusait des fossés. Personne sur cette terre n'a jamais connu une telle solitude.

Paula s'est approchée. J'étais assis aux côtés de Modigliani pour le plaisir de parler italien et pour son regard d'une étonnante douceur. Amedeo cumulait un nombre incalculable de tares : tuberculeux, alcoolique, juif, romantique. J'ai aimé cet homme timide et poétique.

Elle s'est penchée et m'a chuchoté que la vie était courte et qu'elle voulait me faire l'amour. À cette époque, les femmes n'avaient pas ce genre d'audace. Paula était provocante et rebelle, libre.

Cette nuit-là, j'eus hâte de découvrir la texture de son amour. Son corset dégrafé, j'entrouvris la cage de mon envie et posai mes lèvres sur les siennes.

Rien n'est venu. J'ouvris un peu plus grand. Toujours rien. Je ne sais comment ni pourquoi mais Paula était immunisée. Je n'ai rencontré que trois cas similaires au cours de ma vie. À tort, je les appelais les sans-amours. Leur capacité à aimer était immense mais protégée du danger, physiologiquement.

Pour la première fois, je pouvais embrasser une femme sans limite ni contrôle, et ce fut une bénédiction.

Nous avons vécu huit ans ensemble. Insatiable, elle brisait les cœurs et les couples avec insolence. Je n'étais pas plus fidèle – ne serait-ce que pour me nourrir – mais je n'ai cessé de la protéger et de la désirer. Je l'admirais aussi. Elle peignait et serait devenue une grande artiste si la grippe espagnole ne l'avait emportée. N'en déplaise à la croyance commune, les artistes sont souvent d'une conformité affligeante à l'air du temps. Même quand ils ne pensent rien, ils se croient obligés de penser bien, selon les normes dominantes de leur milieu et de leur époque. Paula était transgressive avec pureté. Nous étions deux solitaires ayant bâti un refuge de tolérance et de volupté. Je crois qu'elle m'a aimé.

Elle a été fauchée. Cinquante millions de victimes, après les vingt millions de la Première Guerre mondiale. Je l'ai soignée comme j'ai pu.

La guerre m'a privé du faux-semblant qui atténuait ma culpabilité. Sauver quelques êtres humains ne servait à rien face à l'hécatombe.

Vivre longtemps, c'est accumuler les tragédies. Après Paula, la guerre et la pandémie, j'ai choisi de fuir. Je ne saurais dire où. Ermite au sommet d'une montagne ou au fond d'une grotte, fantôme errant sur les routes, mendiant à barbe de patriarche, j'ai perdu la notion du temps et l'usage de la parole. Je ne me doutais pas que le pire des hommes restait à venir.

Ma torpeur a pris fin en Bessarabie, aux confins de la Roumanie. Squelettique, je n'avais plus visage humain. Nous étions en 1933.

Au nom de l'égalité, les Soviets avaient si bien exproprié et collectivisé qu'en Ukraine, des millions de pauvres paysans en étaient morts affamés. Un génocide par la faim au nom hideux d'Holodomor. Pour survivre, beaucoup fuyaient vers la Roumanie. Je croisais des files de zombies décharnés sur des routes enneigées. Je n'éprouvais rien. La cruauté ottomane, la guillotine révolutionnaire, l'esclavage, la boucherie de la guerre avaient réduit mes illusions en cendres.

J'ai remonté la route des migrants sur des kilomètres, des jours entiers ; je voulais trouver la source du mal. En Ukraine, les morts jonchaient le sol de forêts noires. L'air était sec et glacial mais c'est le silence qui me pétrifia. J'étais en enfer.

J'ai entendu une voix aiguë appeler « maman ». J'étais désabusé mais pas indifférent. Je me suis approché. La petite fille devait avoir cinq ans. Un ange aux yeux perçants. Elle toussait du sang et n'en avait plus pour longtemps. Je l'ai prise dans mes bras pour la réchauffer et lui donner à boire. Elle s'accrochait à moi. Son cœur battait à peine. Je lui caressais le front. Soudain, elle m'a regardé, intensément. Ses yeux sont devenus tristes. J'ai compris que j'en étais la cause. Elle a posé sa main sur ma joue et c'est elle qui m'a caressé. Juste avant de mourir.

J'ai posé mes lèvres sur les siennes. Qu'un peu d'elle survive en moi. Je crois que depuis c'est moi qui vis à travers elle.

Ce sont d'abord les images qui sont apparues. Son enfance, atroce depuis sa conception, lors du viol de sa mère par une brute en uniforme.

Puis, le goût est venu. Ce fut l'une de mes plus extraordinaires expériences. L'amour de cette enfant était une perfection. Des milliers de saveurs volées, pas une n'égalait un amour d'une telle pureté. J'ai gardé ce petit corps contre moi toute la nuit.

Par un improbable concours de circonstances, un acte monstrueux avait provoqué un échange de cellules qui avait engendré l'être que je serrais, un enfant dont le cœur était le plus beau de l'univers. À elle seule, cette petite fille sans nom justifiait l'espèce humaine. Elle avait vécu pire que tout ce dont je pouvais me plaindre et avait continué à aimer.

Je ne pouvais plus renoncer à la vie. Sa compassion m'obligeait. Elle m'a réveillé.

J'ai rejoint Bucarest puis l'Albanie en chemin de fer. Là, j'embarquai sur un paquebot pour New York. Je pris conscience que le monde accélérait ses mutations en songeant à ma première traversée en bateau vers

Constantinople. J'étais une relique vivante d'un monde disparu.

Un peu plus tard, je restai pétrifié devant Manhattan. J'avais quitté un village et retrouvais une cité grouillante, lumineuse, aux immeubles tutoyant le ciel. Je n'imaginais pas qu'une ville de cette importance puisse se bâtir aussi vite. Un building avec une pointe d'acier culminait à des centaines de mètres tandis que sur un autre, un singe géant avait kidnappé une femme, me dit-on. Je crus avoir perdu la raison pour de bon.

Les années suivantes, je n'ai pas quitté New York, fasciné par cette ville comme je l'avais été par les plaines africaines. Pour la première fois, j'ai ressenti le besoin d'un foyer. En janvier 1935, j'ai entrepris la construction de la maison où tu te trouves, Anna. J'ai conçu et dessiné les moindres détails de cette demeure. Je me suis passionné pour l'architecture. Les pierres, les matières et les couleurs soignaient mon esprit. J'ai été heureux de créer ce lieu. J'évitais toutefois de nouer le moindre lien. À quoi bon, puisque l'autre mourrait toujours. Quel intérêt, alors que rien ne remplacerait l'amour dont mes parents m'avaient privé. Puis je ressentais, sur ma joue, la caresse de l'enfant d'Ukraine et me forçais. D'abord à l'amitié avec le contremaître du chantier, un homme dur mais juste. Puis à l'affection, avec Joseph, un gosse des rues, débarqué de Sicile, qui devint mon chauffeur et homme à tout faire. Il était joyeux, dépourvu de la moindre éducation mais, grâce à une audace peu commune et à sa bonne figure, il parvenait à résoudre n'importe quel problème. Le ventre vide, il m'avait abordé dans la rue, plusieurs jours d'affilée, m'alertant sur ce qui pouvait, selon lui, être amélioré dans la construction de ma demeure. Il avait toujours raison. Il me proposa ses services pour rien car il ne doutait pas de me devenir indispensable. De guerre lasse, je finis par l'embaucher et une semaine plus tard, je ne pouvais plus m'en passer. Joseph était doué d'une surprenante intuition. Je crois qu'il a été pour moi ce que je fus pour Nehmet Arkin. Plus tard, lorsqu'il commença à me regarder comme un homme qui ne vieillissait pas, j'ai dû quitter l'Amérique mais n'ai jamais cessé de m'enquérir avec fierté de son parcours. Je lui avais transmis tant de savoirs et de biens qu'il fut le premier Américain d'origine sicilienne à se faire élire juge. Il est mort vieux, aimé et respecté pour son humanité. Mais nous n'en sommes pas encore là.

De rencontre en rencontre, mon regard sur le monde s'adoucissait.

J'ai vécu ainsi jusqu'à la guerre, bâtissant, agrandissant mes collections ou cédant mes œuvres à de nouveaux musées; solitaire mais plus tout à fait seul, mélancolique mais serein. Le plaisir de la chair m'avait abandonné mais je n'en éprouvais pas de manque. L'abstinence m'était douce. Bien sûr, il fallait me procurer suffisamment d'amour et de désir pour satisfaire mes besoins. La crise de 1929 avait engendré des millions de pauvres et ma fortune était devenue gigantesque. J'en employais une partie à nourrir, loger et soigner gratuitement les nécessiteux. Au moins, j'aidais ceux que, la nuit, j'allais voler. J'étais devenu une ombre. Le reflet de moi-même. J'avais opéré la synthèse entre le loup et l'agneau en me détachant du monde.

Vingt ans à peine après la Première Guerre, l'Europe se déchirait plus sauvagement encore.

Le drapeau fasciste flottait sur ma ville natale. Le continent sombrait. Une des civilisations les plus cultivées de l'humanité avait engendré un peuple sanguinaire.

Les morts se comptaient par millions. Il fallait créer un homme nouveau, ce qui supposait, inéluctablement, d'en éliminer beaucoup d'anciens. Et comme toujours, ceux qui tuaient étaient persuadés d'agir au nom du Bien. Ce que je pouvais sauver, c'était l'art, les livres, la caresse d'une petite fille sur le monde.

J'employais avec frénésie mes ressources pour éviter que les barbares ne s'emparent d'œuvres majeures, car ils en avaient l'appétit. Je les achetais, par principe, le double ou le triple de leur valeur, permettant au moins à leurs malheureux propriétaires d'éviter la spoliation et de disposer des moyens de sauver leur vie. Chaque œuvre acquise était une victoire. Avec Joseph, nous avons organisé un véritable circuit d'évasion.

Je retrouvais mes désirs et ma rage. Autant que cela serve.

En 1943, nous savions. La BBC avait annoncé la mise en place de la solution finale dès le mois de juin 1942 et les réseaux de résistance polonais estimaient que le four d'Auschwitz brûlait 3 000 juifs par jour. De nombreux messages secrets avaient été interceptés et décodés. J'ai décidé de mener ma propre guerre.

Sous couvert de ma fortune et de mes collections, j'ai à nouveau parcouru le monde mais cette fois, pour tuer et tant pis si j'en mourais ou si j'étais découvert.

Je me suis rendu en Suisse, en zone libre française, je retournai en Espagne, en Turquie et au Moyen-Orient, et partout je trouvai de distingués émissaires du Reich, passionnés de livres anciens ou de peinture. J'en rencontrai aussi dans tous les bordels de la terre, qu'ils fréquentaient assidûment pour se distraire de leur œuvre macabre. J'en assassinais autant que je le pouvais. Je les asséchais puis contemplais leurs regards évidés. Ma force devenait herculéenne, mes sens s'aiguisaient à l'infini et me permettaient d'échapper à de périlleuses situations. Durant près de deux ans, je me suis repu d'amour nazi et j'ai découvert qu'il n'avait pas la moindre spécificité. Rien, en quantité ou qualité, ne le distingue de celui d'un paisible jardinier ou d'un moine bouddhiste. La capacité à aimer n'est pas un rempart à la folie meurtrière, pas plus que la culture ou l'intelligence. Autre chose était à l'œuvre. Un ressort que je connaissais bien, celui de la rage qui m'avait conduit à éradiquer sans remords des hommes et des enfants dans la brousse africaine en éprouvant une jouissance à tuer. *On ne devrait faire la guerre que le cœur rempli d'amour.* Je n'en étais pas capable.

Tant d'énergie coulait dans mes veines. Je ne dormais plus, retrouvant mes démons stupéfiants et luxuriants et quand l'occasion se présentait, j'assassinais de mes mains plutôt que par mes lèvres.

Une nuit de janvier 1945, à Beyrouth. Je trinquais avec un jeune officier SS récemment affecté à l'ambassade allemande ; un garçon charmant, de bonne famille, qui semblait vif et sensible. Ivre, il s'effondra au milieu de la nuit. L'homme était si raffiné que j'hésitais à m'emparer de son fluide.

De nombreuses images étaient imprégnées en lui. Il avait servi dans un camp d'extermination. Ce que je vis par ses yeux dépassait l'entendement.

Par l'effet de mon pouvoir, je porterai ces images jusqu'à la fin des temps. J'éprouvais le même sentiment de renoncement qu'à cinq ans, quand, suspendu dans le vide, je discernai la pensée de ma mère : je n'avais plus la force de me battre.

L'élégant officier se réveillait. J'avais une dernière chose à accomplir.

Je l'ai bâillonné et ligoté, lui racontant ce que j'avais vu. Avec douceur, je lui ai dit que la mort serait un sort trop clément pour lui mais qu'il avait perdu le droit de voir, d'écouter et de parler. Je l'ai laissé exprimé sa terreur. Quelques instants plus tard, il ne le pouvait plus.

TROISIÈME VOLUME

1.

New York, 3 décembre 20--, 18 heures

Tu ne le sais pas, Anna, mais nous venons de passer notre dernier jour ensemble. J'ai voulu qu'il soit singulier.

Ce matin, nous avons pris la direction du musée d'Art moderne. Un temple abritant les chefs-d'œuvre du XXe siècle. Nous y sommes restés des heures. Toi et moi, seuls. Je venais de finaliser une donation au musée et, en contrepartie, j'avais obtenu ce privilège. Ce lieu était à nous. Un rêve. Tu souriais et virevoltais. Nous avons couru dans les allées, crié en attendant que revienne notre écho devant les toiles des surréalistes et les mobiles de Calder. Je t'ai parlé de mon ami Modigliani alors que tu posais à côté de l'un des portraits d'Anna Zborowska qu'il aimait peindre. Devant *La Bohémienne endormie*, je t'ai raconté le banquet donné en l'honneur du Douanier Rousseau au Bateau-Lavoir. Je n'ai pu m'empêcher d'évoquer tous ceux que j'avais connus : Picasso qui peignait même quand il ne peignait pas,

Brancusi, obsédé par l'envol des oiseaux. Nous étions dans une dimension merveilleuse.

Ensuite, nous sommes retournés sur les bords de l'Hudson, déjeuner sur un voilier amarré. Au menu j'avais prévu tes plats préférés. J'ai immortalisé les mouvements de tes lèvres et les gestes de tes mains qui s'enhardissaient. Puis, j'ai vu tes yeux se voiler. Des centaines de tes fleurs préférées, des pivoines corail, furent disposées autour de nous et ton sourire est revenu.

En début d'après-midi nous avons rejoint le New Jersey. Un cirque, plus précisément. Là, je t'ai présenté Pierrot. Lorsque tu as compris que je t'avais offert un éléphanteau de six mois et d'une demi-tonne, tu en as pleuré. Pierrot t'a adoptée sur-le-champ et te voir le nourrir, le caresser et jouer avec lui durant des heures a réjoui mon cœur.

Il était temps de rentrer conclure mon récit avant notre ultime dîner.

2.

Journal d'Anna Brown,
3 décembre 20--, 19 heures

Je connais tes mensonges mais je t'aime, Adrian. Je sais ton obsession des suicides et tes identités multiples. Tu vis dans l'ombre, tu commets des délits d'initié et toutes sortes de choses bizarres avec du sang, dans des hôtels, et pourtant je t'aime. Pardonne-moi, mon amour, je t'en supplie. J'ai cherché à savoir, j'ai violé ton intimité, cela me fait horreur, je ne suis pas ainsi mais l'amour donne des droits. Celui de te sentir t'abandonner à moi comme je suis à toi. Et tu n'y parviens pas. Mon corps s'offre chaque nuit en vain. Je ne peux pas douter de ton amour. Tu m'en donnes plus de gages chaque jour que quiconque en une vie. Je le vois à tes yeux, à tes gestes, je l'entends à tes mots et à tes attentions. Je suis prête à tout mais je veux comprendre pour ne plus avoir peur, pour que tu n'aies plus peur, pour qu'enfin je puisse te sentir jouir en moi.

C'est ainsi que je m'étais juré de provoquer Adrian. Mais comment aurais-je pu ? Cette journée a été lunaire.

De tels moments n'existent que dans les contes de fées. Quand lui dire que je connaissais sa face obscure, que j'avais rencontré l'enquêtrice qui rêvait de l'emprisonner, ainsi que son ancienne maîtresse ? Devant les allées d'un musée privatisé pour nous ? Alors que j'étais bouleversée par le plus incroyable cadeau dont je puisse rêver ? Au déjeuner, j'ai failli me lancer, mais au moment où les mots venaient, les plus belles fleurs du monde m'étaient livrées. Je pressens que le malheur est imminent. En quittant Pierrot – il me tarde déjà de le revoir –, Adrian m'a dit : « Tu sais, un éléphant peut vivre quatre-vingts ans. Il sera toujours là pour toi. » J'ai senti dans sa voix un renoncement abyssal. À la lumière de cette phrase, cette journée semble avoir été conçue comme un adieu. Ou alors, je deviens folle. J'étouffe de vivre avec ces mots qui ne sortent pas. Je meurs d'habiter avec un homme qui m'est destiné et qui ne me touche pas.

Il s'est à nouveau enfermé dans son bureau. Il dit avoir un texte à finir. Ce soir, quand il me retrouvera, je le forcerai. À m'aimer, à me baiser, à me parler ou à me tuer.

3.

New York, 3 décembre 20--, 19 h 30

Je ne sais que te dire du demi-siècle qui a suivi, Anna. Je n'ai rien appris ni vécu que je ne connaissais déjà. Le monde changeait toujours plus vite et je m'y adaptais, redoublant de mesures de protection pour conserver mon anonymat mais au fond, rien n'était nouveau. Je chérissais les lointains souvenirs de Clélia sous la statue du condottiere ; je pensais aux prophéties de Nehmet Arkin ; je revivais le sort de Langui, fils d'Allangba, de Paula et de la petite fille sans nom ; je me surprenais à imaginer une évolution pacifique du monde, puis un génocide ou une guerre me rappelait les images d'horreur du jeune SS. Je chavirais entre faces lumineuse et sombre de l'humanité. Mon corps devenait une étrangeté, si jeune, quand j'étais si vieux. J'ai voyagé sans envie, enrichi mes collections parce que je ne savais rien faire d'autre et oscillé entre dépression et exaltation, débauche et vertu, compassion et cynisme. Ma vie n'était que répétition. Mes mystères, mes nécessaires mensonges, mon âge et les ténèbres qui ont lentement envahi mon âme rendaient toute relation vaine. Les vingt-six lettres de l'alphabet étaient redevenues mon unique source d'émotion, si longtemps après le collège San Pietro di Castello. Les livres, eux, ne meurent pas. La poésie ne m'a jamais quitté.

Je n'ai plus tué, j'ai rencontré les personnalités les plus passionnantes, profité de la révolution sexuelle, contracté un nombre incalculable de maladies, certaines incurables mais dont je guérissais en quelques jours. Mon apparence est restée celle d'un jeune homme à la beauté conquérante. Seuls mes yeux trahissaient ma solitude.

Je n'ai rien appris, sauf sur moi-même. En 1990 le génome humain fut décodé. Je devais agir avec discrétion pour éviter de susciter trop de curiosité. J'ai eu recours à des laboratoires cubain et nord-coréen pour analyser mes gènes. Ces deux pays communistes présentaient l'avantage d'une médecine de bon niveau, outre que tout pouvait y être acheté : les scientifiques, les fonctionnaires et surtout le silence.

Je fournissais des échantillons de mon sang en le présentant comme celui de mon fils malade. Le médecin cubain me fit part de sa désolation. L'ADN était gravement altéré. Plus spécialement le filament correspondant au système limbique, le centre de gestion des hormones, dit-il. Mon fils était condamné à court terme. Il s'étonnait d'ailleurs qu'il ne soit pas déjà mort car avec de tels dérèglements, il pensait la vie impossible. Surtout, et c'était pour lui le plus troublant, il avait identifié une substance totalement inconnue, une sorte d'hormone carnivore. Probablement une dégénérescence, mais il n'avait jamais rencontré une telle chose et manquait de moyens pour approfondir son analyse. Plus brutal, le Nord-Coréen évoqua une monstruosité probablement due au mode de vie capitaliste. Lui aussi s'arrêta sur la substance étrange et me demanda une forte somme pour garder le silence. Il ne servait à rien d'aller plus loin. J'avais la confirmation de ce que je soupçonnais. Ce que l'on croit relever de la sorcellerie ne fait qu'attendre son explication scientifique.

Durant ces décennies, Anna, j'ai rêvé de ma mort mais j'ai fait le serment de ne pas la provoquer. Je ne m'en accordais pas le droit. Par culpabilité, pour toutes les vies innocentes que j'avais écourtées, à commencer par celles de Clélia et de ma mère. Par dignité, pour ceux qui m'étaient chers, disparus alors qu'ils voulaient vivre. Et parce que j'aurais entraîné dans le néant les milliers d'images présentes en moi, seules reliques de tant d'existences. Je le devais à moi-même, aussi, refusant que ma si longue vie ne soit qu'une farce. Immortel, je ne connaîtrais jamais une existence normale. Je resterais étranger. Le fruit d'une combinaison qui n'aurait jamais dû survenir. Mais je gardais l'espoir qu'un jour, les petites touches de mon chaos formeraient un tout signifiant. Aujourd'hui, c'est différent, je me tue pour que tu vives. Alors vis !

Toutefois, j'ai manqué à ce serment, il y a peu, et ce n'est qu'à raison d'un miracle que nous nous sommes finalement retrouvés. Je dois te livrer cette défaillance.

J'ai franchi le troisième millénaire dans un monastère du Bhoutan accroché à une falaise, surplombant la chaîne montagneuse de l'Himalaya, loin du monde et des hommes. Ces retraites m'étaient nécessaires quand je ne parvenais plus à supporter ma condition. Elles duraient quelques mois puis un événement survenait et je retrouvais les vivants. Cette fois, j'avais rejoint le silence depuis presque dix ans. Je vivais au ralenti, entre souvenirs et paysages spectaculaires. Mes rares activités et la méditation m'aidaient à espacer mes collations. J'étais au-delà de la lassitude, près du ciel, libéré des émotions. J'étudiais toutes sortes de sciences et attendais que le monde s'écroule. Je discernais les germes des tragédies à venir, à côté desquelles celles du passé seraient des enfantillages. Ma seule interrogation portait sur la nature de l'effondrement, total ou partiel, ce qui serait alors une simple régulation écologique entraînant quelques millions de morts. Depuis ma naissance, l'humanité était passée de 800 millions à 7 milliards d'âmes. Je repensais au physicien Enrico Fermi, un homme délicieux et fantasque. De ses travaux résultait la question existentielle de notre espèce : serait-elle la première à coloniser les étoiles avant de s'autodétruire ?

Une fois par mois, je gagnais Thimphou, la capitale. Dans un de ses rares hôtels fréquentables, je croisai une Américaine. Elle me salua timidement, comme le font les Occidentaux aux confins du monde. J'avais perdu l'habitude de parler mais un mot en entraîna un autre. Je me présentai sous le nom de Lorenzo Frailloli.

Elle s'appelait Katherine, était galeriste à Los Angeles et collectionnait les livres anciens dont certains chefs-d'œuvre que je convoitais depuis des décennies. Je remarquai que ses délicieuses rides naissantes la désespéraient au point qu'elle tentait de les combler par des artifices. Elle approchait la quarantaine, était blonde aux yeux noisette et sa sensibilité aux œuvres était surprenante pour une mortelle. Elle aussi se consolait de ses abîmes grâce aux livres. La première heure, c'est elle qui parla. Le reste de la nuit, je ne pus m'arrêter. Nous avons partagé notre passion pour les mots posés sur papier hollande ou japon.

Au petit matin, elle me dit que sa retraite s'achevait. Ses affaires la réclamaient sur la côte ouest. Nous nous sommes quittés à regret. Nous avions pris soin l'un de l'autre dès les premières minutes de notre rencontre. Notre complicité était une évidence. Pour éviter toute complication, je lui avais confessé une préférence pour les hommes. J'ai regagné mon monastère sans envie.

Une semaine plus tard, je découvris sa galerie, face à l'océan Pacifique. Sa collection était plus réduite que la mienne mais ses œuvres étaient exceptionnelles.

Plusieurs m'avaient échappé lors de ventes aux enchères. Mon existence emprunta, une fois de plus, une nouvelle direction. Je ne me doutais pas qu'elle me conduirait au suicide.

J'ai vécu auprès de Katherine. Nous nous racontions l'un à l'autre, sans en dire trop. Nous partagions le plaisir des salles de vente et nous amusions des riches hommes d'affaires se passionnant pour l'art contemporain, ce qui leur permettait de s'acheter une culture à des prix indécents auprès d'artistes spécialisés en marketing. Un marché s'était ainsi créé, réunissant des collectionneurs incultes et de faux créateurs. Les premiers pouvaient briller auprès de leurs amis en leur présentant des œuvres sur lesquelles ils pouvaient dire n'importe quoi sans risquer d'être contredits tandis que les seconds s'enrichissaient.

Katherine était tragique et belle. Un soir où elle avait un peu bu, elle me demanda de l'embrasser, juste pour rire, parce qu'elle était sûre que ce serait *mortel*... Je n'ai pas résisté. Depuis notre première rencontre, je cherchais à saisir les sources de son malheur et peut-être à l'aider. J'ai croqué un petit morceau de son cœur.

Pour y accéder, il a fallu persévérer, comme lorsque j'écartais, avec ma cuillère de petit garçon, la peau recouvrant le lait chaud que Lavinia me servait à Venise. Alors, je parvenais à la saveur. Sous cette fine pellicule protectrice, mon larcin sentait les embruns ; frais, humide, vivifiant. Katherine était si bonne que ce fut une torture de m'en détacher. Je me promis de ne pas y retourner de crainte de céder à la tentation d'en prendre trop.

Puis, ce fut la nausée. Trente ans plus tôt, dans un manoir de Boston, le souffle d'un vieil homme souillait l'innocence d'une fillette heureuse. L'image suivante était pire. Katherine avait trouvé le courage de dénoncer son grand-père à sa mère. La famille était protestante et riche. La femme qui giflait la petite fille avait choisi de protéger son père plutôt que son enfant, *une sale petite menteuse*. Les autres images du passé se ressemblaient. Katherine reproduisait à l'infini le même schéma, se donnant à des hommes qui ne lui plaisaient guère mais lui promettaient qu'elle serait une reine avant de l'humilier et de l'emprisonner comme un objet. Elle était la victime idéale des voleurs d'amour.

Notre baiser l'avait rendue joyeuse. *Les garçons ont de la chance*, me dit-elle. Je lui cachai mes larmes en la serrant contre moi.

J'aurais pu aimer cette femme mais notre différence d'âge l'empêchait. En apparence j'étais trop jeune; en réalité, j'étais trop vieux.

Pour de mauvaises raisons, nous sommes devenus inséparables. La faire sourire, la voir heureuse me fournissait un motif de ne pas m'enfermer dans le silence du ciel. De son côté, elle donnait son amour sans risquer d'être trahie. Nous nous empêchions de sombrer mais je n'avais toujours pas trouvé de sens à mon destin ni elle, la clé de sa liberté.

Le 8 juin, pour son anniversaire, je lui offris une édition originale sur velin du *Comte de Monte-Cristo.* Dumas et Flaubert sont les auteurs préférés des collectionneurs américains. Elle était émue aux larmes et je me suis juré de veiller à ce qu'elle ne soit plus maltraitée. Je crois que sa souffrance parlait à l'enfant que j'avais été dans les ruelles de Venise.

Nous avons fêté son anniversaire dans un nouveau club de Downtown, au milieu d'une faune étrange, au son d'un opéra rock dont la vedette avait tatoué son visage jusqu'à parvenir à l'apparence d'une tête de mort. Katherine voulait sortir des sentiers battus. Elle s'était vêtue d'une robe longue dénudant son dos et cette nuit d'été, je l'ai désirée. J'ai voulu marcher pour ne pas rentrer, pour que tout soit possible, pour que mes lèvres puissent parcourir ses reins. Katherine tenta de m'en dissuader ; les habitants de Los Angeles savent que ce quartier n'est pas sûr. J'ai ri en lui assurant qu'elle ne risquait rien à mon bras. Péché d'orgueil. Cinq minutes plus tard, une batte de baseball m'assommait.

Les cris étouffés de Katherine m'ont ramené à moi mais il était trop tard. Ils étaient quatre, entre quinze et vingt ans, et nous ont traînés dans un entrepôt désaffecté. De solides gaillards aux regards hallucinés appartenant à un gang identifiable à ses tatouages. L'un d'eux, massif, la violait sous les rires des autres qui attendaient leur tour ou l'avaient déjà pris. Le plus jeune, celui à la batte de baseball, fouillait le sac de Katherine à la recherche des quelques dollars qui lui fourniraient sa prochaine dose de crack. C'est lui qui m'aperçut. Il n'eut pas le temps de parvenir au bout de son cri. Sa batte était enfoncée dans sa bouche et ressortait par son crâne. Cette vision pétrifia ses trois compères.

Je dois l'avouer, Anna… j'éprouvais un plaisir enragé à l'idée d'en avoir trois de plus à massacrer. J'avais découvert mes pulsions de violence sur les rives du Bosphore, une nuit inoubliable. Elles sommeillaient en moi et à défaut de les évacuer elles s'accumulaient jusqu'à l'explosion. Ma mutation avait décuplé cette énergie mais je crois qu'elle ne l'a pas créée. Elle était déjà présente chez le petit garçon craintif. La peur aussi nous façonne. Elle est l'autre force. Celle, obscure, qui conduit à la haine, à la colère et à la violence. Ce sont les deux sentiments sources. La peur et l'amour. Les autres ne sont que des décorations.

L'un des assaillants sortit un long poignard et se jeta sur moi. Je l'esquivai, concentrant mon énergie sur ma mâchoire pour lui trancher la jugulaire. Mes techniques de combat s'étaient raffinées au contact des Hashashin alors que je sillonnais la Perse. Le sang gicla du corps du jeune homme qui posa les mains sur son cou, tentant de gagner quelques secondes sur son trépas. Je commis une erreur. Un instant de trop à savourer l'effroi dans les yeux de ma victime que le viol d'une femme amusait tant. Une détonation retentit et une douleur me déchira la poitrine. Le troisième homme appuya à nouveau sur la gâchette et mon foie explosa. Je m'écroulai. Il s'apprêtait à m'achever.

Katherine m'a sauvé la vie. Elle hurla, ce qui détourna l'assaillant de sa tâche. Quand il pivota vers moi, j'étais à genoux et mon bras s'enfonçait dans son thorax. Je lui ai arraché le cœur devant ses yeux. Ce fut si rapide qu'il put le regarder battre dans ma main.

Mon corps recrée des cellules mais il lui faut du temps, et il restait un agresseur, pantalon baissé, tétanisé. La scène, qui relevait du surnaturel, pour lui comme pour Katherine qui n'en avait rien manqué, avait duré une poignée de secondes. À terre, j'ai saisi le revolver de l'homme sans cœur et mis le violeur en joue. Je devais me nourrir. Une balle dans chaque genou l'immobilisa. J'ai rampé jusqu'à lui comme un serpent. Katherine m'a vu l'embrasser. Puis me relever, maculé du sang de mes victimes et du mien, mourant quelques instants auparavant. Elle était au-delà de l'épouvante. L'homme que je venais d'étreindre n'était plus qu'un zombie estropié.

Katherine contemplait un carnage et son regard sur moi était le même que celui d'Allangba quand je la libérai des marchands d'esclaves. J'ai essayé de l'approcher alors que les sirènes de police retentissaient. Elle s'est écartée comme si j'étais le diable. Je vis dans ses yeux la folie étendre son empire.

Si nos chemins ne s'étaient pas croisés, elle ne se serait jamais retrouvée dans cette rue et n'aurait pas été violée.

Je n'étais pas sur terre pour connaître une vie sereine. Pour l'avoir oublié, une âme merveilleuse en a subi les conséquences.

J'aurais préféré être mort.

Quelques secondes de plus et la police pénétrerait dans l'entrepôt. Je tentai d'apaiser Katherine, de lui parler, de la toucher. En état de choc, elle criait à chacun de mes mouvements vers elle, m'intimant de ne pas approcher. Pour finir, elle courut vers les uniformes. Je devais m'échapper, panser mes plaies... Il me faudrait des jours pour guérir. Mobilisant mes dernières ressources, je parvins à atteindre une sortie dérobée de l'entrepôt et, quelques mètres plus loin, à fracturer la porte d'une arrière-boutique où je passai la nuit, crachant mon sang.

Les règlements de comptes entre gangs rivaux étant chose courante, la police ne s'intéressa pas longtemps à cette affaire. Katherine, désorientée, raconta tout et fut internée.

Même après plus de deux cents ans, l'instinct de survie reste intact. Je devais guérir, quitte à me suicider ensuite. Au matin, tenant à peine sur mes jambes, j'ai volé une couverture et gagné un palace de la ville. J'y suis resté presque une année, sans sortir. Durant mon séjour, le concierge de l'hôtel s'enrichit considérablement et se montra d'une indéniable efficacité pour recruter des femmes et des hommes que je ne faisais qu'embrasser légèrement pour ne pas attirer l'attention. Ma convalescence m'occasionna de longues souffrances mais une fois mon corps rétabli, c'est mon esprit qui vacilla. J'avais à nouveau causé la perte d'un être aimé.

4.

Journal d'Anna Brown,
3 décembre 20--, 20 heures

Je n'ai pas attendu qu'Adrian me rejoigne pour dîner. J'ai frappé à la porte de son bureau et j'ai cru l'entendre pleurer.

Que t'arrive-t-il, mon amour…

Tu as mis du temps à m'ouvrir, me serrant dans tes bras pour cacher tes yeux et promettant de me rejoindre à 21 heures. Tu m'as suppliée de ne m'inquiéter de rien, et de t'accorder cette heure, ayant une lettre douloureuse à écrire.

Tes mensonges apparaissent, et tu le sais. Il est évident que ce soir marquera un tournant pour nous. J'ai pris ton visage entre mes mains, regardé tes yeux ensorcelants, d'une inhumaine tristesse, et je t'ai dit que j'attendrais encore une heure. Pas davantage…

5.

New York, 3 décembre 20--, 20 h 05

Tu auras bientôt les réponses à toutes tes questions, Anna. Tu sauras pourquoi je ne peux te faire l'amour, tu comprendras pourquoi mes lèvres s'éloignent de toi et surtout, tu sauras qui je suis. Il n'y aura plus de mystère, mon amour.

Il y a quelques mois, dans cet hôtel de Los Angeles, j'ai pris la décision de mourir.

Sur les murs de ma suite, j'écrivais les noms de mes victimes. Ceux que je connaissais, du moins. Il y en avait des centaines. Leurs fantômes se liguaient pour me hanter. Ils me parlaient et je ployais sous leurs blâmes, sans répit ni sommeil. Il y avait les images aussi mais elles n'étaient plus en ordre. Je mélangeais tout : la première était celle d'un jeune Turc, la suivante était une scène de vie d'une courtisane de Sarajevo, la troisième représentait une brute londonienne. Je ne parvenais plus à conserver l'intégrité des vies dans lesquelles j'avais puisé.

Ces morceaux d'existences tournoyaient sans fin dans mon esprit.

Au plus profond des ténèbres, je décidai de dresser une cartographie du fluide amoureux dont mon immortalité se nourrissait. Je parvins à une certitude.

La nature humaine est structurée par ce fluide. Le caractère, le tempérament, les émotions de chacun en dépendent. L'intelligence elle-même se plie aux spécificités chimiques de nos sculptures amoureuses. À une étape ou l'autre d'un raisonnement, ce fluide interfère et oriente nos conclusions. Nul ne peut modifier cette singularité. Elle est immuable. On peut évoluer, changer à la marge mais jamais en profondeur. On ne recompose pas son alliage. Tout découle de la combinaison originale, in utero. L'élixir dont je me nourris définit le rapport à la vie. Une variation infinitésimale de sa composition et l'être créé se retrouve à l'opposé de l'échiquier. Depuis les premiers jours de la conception, l'implacable marionnettiste de nos vies est niché à l'intérieur de nous et, quoi que nous fassions, on ne peut lui échapper. Un hasard d'assemblage se réalise et c'est ainsi que le vice peut enfanter la vertu alors que des hommes bons peuvent donner vie à un monstre. On peut ensuite se débattre, on ne s'en sort plus. Jamais. Cette minuscule donnée du corps humain, qui en comporte des milliards, détermine nos destins.

Lors de leur seule véritable nuit d'amour, l'émotion de mes parents a agi sur la composition de ce fluide.

Quelques atomes s'en trouvèrent perturbés. Je n'aurais pas été le même si d'autres mots avaient été prononcés. Les serments blasphématoires de mes parents à l'instant précis où ils me concevaient ont défini ma nature et entraîné ma mutation. Pas une autre. Celle qui a fait de moi un homo incognito. Une créature dotée d'un pouvoir maléfique.

Cette œuvre accomplie, je sombrai dans un labyrinthe de démence. Un jour j'étais obsédé par ma mère, allant jusqu'à exiger une femme lui ressemblant, puis par toi, Clélia, puis par Katherine, puis par le sang que j'obtenais d'un hôpital voisin et dont je tentais de me nourrir. Sans succès ; il fallait qu'il y ait de la vie à l'intérieur. Peu après, je ne pensais plus qu'à mon hygiène, me lavant vingt fois par jour pour atteindre la pureté, puis je me persuadais que l'eau elle-même me souillait. L'odeur de ma chambre devint pestilentielle. D'une heure à l'autre, je parlais une langue différente. Je vivais nu, me saignant ou me scarifiant, dans la terreur de tout et l'euphorie de rien. J'ai pensé à Dieu, dont j'avais décidé, il y a bien longtemps, qu'il n'existait pas. J'avais rencontré l'amour religieux : le plus souvent il a le goût de la peur, parfois une saveur généreuse.

La culpabilité me tuait. La mort ne voulait pas de moi mais me suivait où que j'aille, fauchant ceux qui m'approchaient. Elle était ma compagne mais, seule à m'aimer, jamais ne m'étreignait. Elle prit la forme du SS que j'avais supplicié. De ses yeux coulaient des rivières de cadavres. Ces corps bougeaient encore. Il s'agissait des hommes et des femmes que j'avais transformés en morts-vivants. Ils se relevaient, m'encerclaient, m'arrachaient les chairs avec leurs dents et leurs griffes, me dépeçaient vivant. Puis je basculais et retrouvais mon sentiment de toute-puissance. Je vivrais mille ans, toujours jeune, immarcescible. Je survivrais à l'humanité si elle disparaissait. D'ici là, j'aurais trouvé un moyen de me nourrir sans recourir aux humains. Si l'espèce survivait, je pourrais en être le guide, ferme et éclairé. D'une minute à l'autre, j'étais Jekyll ou Hyde. Je devenais fou et mes pouvoirs n'y pouvaient rien.

Un matin, j'ai su. Je devais disparaître ; rejoindre mes fantômes et mes images. Je n'aurais été qu'une erreur et cela ne m'importait plus. Je m'abandonnai et en fus apaisé. J'avais un but. J'ai rasé ma barbe, coupé ma tignasse ; je me suis vêtu, retrouvant l'image d'un jeune homme séduisant, mais il me fallut plusieurs jours pour contenir les crises de panique qui me submergeaient à l'idée de sortir.

Je suis retourné à New York et, quelques dispositions prises, j'ai quitté les États-Unis pour Mourmansk en Russie.

J'ai embarqué sur un brise-glace à destination de la banquise. J'ai rejoint la proue de l'immense navire, comme je l'avais fait sur le voilier fuyant Venise, il y a près de deux cent cinquante ans. Alors que nous passions au large de l'île aux Ours, toujours plus au nord, je contemplai le monde dans lequel je n'avais jamais trouvé ma place. Le nom de cette île m'amena à un tableau de Kandinsky longtemps admiré avec Paula. C'était à Saint-Paul-de-Vence en 1914, juste avant que la guerre n'éclate. Il s'agissait d'une composition abstraite d'une incroyable audace. J'y voyais les loups, les tigres et les ours qui, selon moi, peuplaient l'espace. Paula se moqua. Cette nuit-là, nous nous sommes étreints avec gravité et sans savoir pourquoi, je pleurai dans ses bras. Sur l'océan qui me conduisait à la mort, je me suis alors souvenu des peintures de ma sœur Adriana qui aurait survécu si mes parents n'avaient pas rejoint Venise pour ma venue au monde. Au cours de jours infinis et de nuits disparues, face à des montagnes de glace, je retrouvais les images ambiguës de mon père avant qu'il ne meure tout à fait, je revivais mes chevauchées avec Arkin aux côtés du prince Ben Saoud et ressentais la chaleur du désert. Je me transportais sur les cimes de l'Asie ou dans les plaines africaines, au milieu des lions, et je demandais pardon à la petite fille de l'Holodomor dont l'âme justifiait le monde : je ne tiendrais pas ma promesse. Je regardais Cesare, Lavinia et Clélia s'échapper de moi. J'étais prêt pour le vide ; ma seule destinée. Je pensais à la solitude à laquelle j'avais été condamné et à la malédiction de ma singularité. Je n'étais pas un homme. J'appartenais à une autre espèce et deux règnes ne peuvent cohabiter sur la même terre. Il fallait que l'une disparaisse. À plusieurs reprises, j'avais tenté de me sevrer pour rejoindre l'humanité mais je n'y suis jamais parvenu. Je pouvais bien insulter le ciel et maudire les dieux, je devais mourir pour que l'ordre des choses soit rétabli.

Nous avons atteint la banquise quelques jours plus tard. Je débarquai sous les yeux de l'équipage me prenant pour un fou. J'en étais convenu avec le capitaine du navire, un géant biélorusse que j'avais grassement rétribué. Ce dernier eut pitié du dément que je semblais être et m'offrit son manteau, fourré et trop grand pour moi, me précisant que le navire serait de retour dans un mois, même s'il n'imaginait pas que je puisse survivre plus d'un jour ou deux dans cet enfer blanc. En m'éloignant, je sentis les regards de l'équipage, saisi par l'image d'un homme au long manteau noir traînant sur la neige, avançant vers une mort certaine.

Ici, le monstre ne trouverait rien à dévorer.

J'ai marché sans m'arrêter, me remémorant chacune des saveurs volées. J'aurais aimé être peintre afin de pouvoir leur rendre hommage. J'aurais imaginé un pigment différent pour chaque texture amoureuse et aurais composé le tableau le plus fou de la Création. Les premiers jours, je fus insensible aux éléments, l'énergie accumulée réparant les morsures du froid et réchauffant mes organes. Puis la douleur s'éveilla. Le froid me saisit au milieu de l'infini. Seul au monde, j'avançai sur la glace durant des jours sombres ou des nuits lumineuses; j'ai perdu la notion du temps. Mon manteau étant recouvert de givre, il n'y avait plus une tache de couleur pour me distinguer de l'environnement. Plus que jamais, j'étais devenu un fantôme. Bientôt, mon sommeil gagna sur mon éveil et je ressentis les crocs acérés de ma faim d'éternité. Les jours s'écoulant, je trouvai une cavité dans la glace, m'y réfugiai et n'en bougeai plus. Mes réserves s'épuisaient. J'attendais la mort dans la souffrance. Ma vie n'avait eu aucun sens et n'en aurait jamais. Je m'étais gorgé d'amour depuis des siècles et pourtant je n'en connaîtrais qu'un unique baiser, celui de Clélia. Peu à peu, je fus anesthésié par le froid. Il n'y avait plus qu'à attendre. Cela arriverait vite. Mon esprit s'engourdissait. Les vers de Keats me sont revenus :

Dans le noir, j'écoute ; oui, plus d'une fois
J'ai été presque amoureux de la Mort,
Et dans mes poèmes je lui ai donné de doux noms,
Pour qu'elle emporte dans l'air mon souffle apaisé ;
À présent, plus que jamais, mourir semble une joie…

J'ai ôté mon manteau pour hâter ma délivrance. Un petit livre en tomba, dissimulé dans une poche intérieure. Les pages en étaient presque gelées. Avec délicatesse, je le saisis et m'y plongeai. Il s'agissait des *Papiers de Jeffrey Aspern* d'Henry James. Tu le trouveras dans une pièce de cette demeure, sous verre pour préserver ce qu'il en reste. J'aimais ce livre de secrets, de manuscrits cachés et de morts dont l'action se déroule dans un palazzio en ruine de Venise. Mais par quel étrange miracle un tel roman se trouvait-il parmi les possessions d'un capitaine de brise-glace russe ? Et pourquoi était-il dans la poche du manteau que précisément il me donna ? J'en relus autant de pages que je le pus. Je connaissais tous les lieux que l'écrivain décrivait et dans le sommeil qui m'emporta, l'encre de ce roman me transporta aux noces du doge et de la mer.

Clélia était à côté de moi, au milieu de la foule angoissante. Elle me parlait tantôt avec sévérité, tantôt par suppliques, m'exhortant à lutter encore, à refuser la mort. Elle disait que je devais avoir confiance, que nous nous retrouverions bientôt. À l'évidence, je délirais. Après tant d'années, je savais que l'apparition de Clélia en songe, aussi réaliste fût-elle, n'était qu'une des nombreuses armes de l'instinct de survie. Je ne me laissai pas berner ni détourner de mon dessein final. Le constatant, Clélia plongea en moi et je l'entendis : « Si tu meurs sans que ta vie n'ait trouvé de sens, la mienne n'en aura pas eu davantage. » Elle enfonça ses ongles dans ma main. Jusqu'au sang.

Anna… je ne peux t'expliquer ce phénomène mais j'ai ressenti une douleur si forte qu'elle me réveilla en hurlant. Je me suis accroupi dans cet abri glacé, tremblant de fièvre, pensant que mon esprit m'égarait mais ce que j'ai vu sur ma main n'était pas une illusion : quatre encoches rouges marquaient ma paume.

Peut-être que la force de l'esprit suffit à provoquer des stigmates ; ou celle de la vie qui m'a conduit à me blesser moi-même puis à en effacer le souvenir. Mais si une chance sur un milliard existait pour que je te retrouve, alors il n'y avait pas à hésiter. Il me fallait encore souffrir. Je remis mon sort aux éléments. De toute façon, je ne parviendrais jamais à survivre jusqu'au retour du navire mais je devais à Clélia d'essayer. Retrouver le vent glacial fut un supplice.

J'ai marché puis titubé puis rampé, en sens inverse, autant que je le pus. Je concentrais le peu d'énergie dont je disposais sur mes organes vitaux. Près de la mort, pour la seconde fois, j'ai vu des images au-delà de ma naissance.

*

Lorsque l'imposant navire approcha, l'équipage au complet était sur le pont bien que personne n'imagine ma survie. Ils m'aperçurent, gisant sur la glace. J'y étais depuis des jours, défiguré par les brûlures, paralysé ; mes cheveux étaient tombés et mes membres ne demandaient qu'à se briser mais mon cœur battait. À peine, mais il battait. Les marins crièrent au miracle comme si j'étais de leur famille et me transportèrent avec soin. Ils ne purent distinguer mon visage sous les blessures et le givre. Ce fut heureux car mes mutilations étaient telles qu'ils auraient hurlé au maléfice. Ils me recouvrirent et m'hydratèrent mais ce n'était pas cela dont j'avais besoin.

La nuit, j'ai trouvé la force de ramper jusqu'à la cabine la plus proche. Deux marins s'y trouvaient. Dans mon état, je n'étais qu'un objet répondant à l'envie. Plus aucune conscience ne me refrénait. Ces deux hommes suffirent à peine pour régénérer mes organes les plus importants mais je restais couvert de profondes crevasses et de chairs putréfiées. Je me camouflai sous des couches de bandages. Ainsi momifié, ne pouvant pas encore marcher, je parvins à Saint-Pétersbourg. Avant mon débarquement, le capitaine du brise-glace, ému, vint me saluer. Ne pouvant encore parler je griffonnai une question. *Aimez-vous Henry James ?* Il se concentra un instant avant de me demander s'il s'agissait d'un acteur.

On me transporta en civière, sous les applaudissements de l'équipage. Je fus dirigé vers un hôpital, là où mes remèdes seraient à portée de lèvres.

Ma conscience se ravivant avec mon corps, je prélevais moins. C'était heureux car la police russe s'intéressait à mon cas, alertée par des récits étranges. J'ai payé pour hâter mon rapatriement médical.

J'ai regagné ma demeure new-yorkaise. Clélia a tenu sa promesse. Quelque chose d'elle est venu me voir dans un océan de glace, près du pôle Nord, m'annonçant son retour et je t'ai retrouvée, mon amour. Elle voulait que je vive pour que notre destin s'accomplisse enfin. Pour que nous puissions nous aimer.

Je ne sais quelle contrée de l'univers tu as visitée ces derniers siècles mais ton essence a ressuscité.

Ces derniers mois, après avoir retrouvé visage humain, j'ai vécu dans l'attente de voir le rêve qui m'avait poussé à vivre devenir réalité. Chaque jour, le souvenir des encoches sur ma main s'estompait et je devais lutter contre la peur de m'être égaré. Je m'ouvrais les veines à une cadence infernale afin de combattre l'angoisse d'avoir survécu sans raison.

Je vivais la nuit, pour me nourrir, et jouir de Manhattan dans la pénombre.

Lors d'un gala de charité, je rencontrai une femme à la sensualité hors du commun. La nature crée des étrangetés. Elle n'était pas vraiment belle mais quelque chose de spécial émanait d'elle. Elle s'appelait Adèle Gladstone. Son amour avait un goût indéfinissable. Une anomalie qui nulle part ne trouvait place dans ma cartographie. Elle s'asservissait aux désirs les plus fous pour mieux dominer. Pieusement, elle se faisait esclave pour provoquer la dépendance de ses maîtres. Je n'avais jamais rencontré une telle passion pour l'abandon. Elle déclenchait peur et magie. La saveur d'Adèle n'était ni bonne ni mauvaise ; elle était inquiétante. Intrigué, je l'ai goûtée à chacune de nos rencontres. Certains de ses effluves m'étaient connus mais la saveur dominante semblait venir d'un autre monde.

À ses côtés, j'ai commis l'une de mes rares erreurs.

Un soir j'ai rejoint Adèle dans son cabinet d'avocats. J'entendais un bourdonnement et m'aperçus qu'il provenait du même immeuble, quatre étages plus bas. Une discussion animée entres juristes d'une autre firme avait lieu. Par curiosité, je concentrai mes ressources sur mon ouïe.

Une femme parlait. À sa voix posée, j'imaginais une avocate d'affaires en élégant tailleur gris. « Je ne suis pas parvenue à négocier… refus… cela représenterait… au-delà de mon mandat », disait-elle. Des interférences de bruits de circulation parasitaient mon audition mais j'entendis distinctement : « L'action collective est inévitable… dans une semaine votre compagnie perdra les deux tiers de sa valeur boursière. » Un homme répondit en vociférant et je saisis le nom de la société concernée et la cause de l'action en justice. C'était l'occasion de gagner une fortune. Je n'en avais nul besoin mais par jeu, je l'ai saisie et le lendemain j'investissais sur les marchés en misant à la baisse sur les actions de cette compagnie. J'ai souri à l'idée qu'à l'époque de ma naissance, nul roi, sultan ou tsar n'aurait pu imaginer disposer d'une fortune égale à ce que j'allais gagner en une seconde grâce à l'invention de la finance. Et je ne voyais pas comment l'on pourrait remonter jusqu'à moi.

C'était sans compter une enquêtrice de la SEC dont la détermination se lisait dans le regard. Judith Ackerman était éprise de justice et insensible à mon charme. Son intégrité était un joyau et une part de moi aurait aimé qu'elle me confonde. À force d'obstination, elle est parvenue à lever le secret bancaire panaméen et, de fil en aiguille, elle est remontée jusqu'à moi. Nul risque qu'elle puisse établir que j'avais bénéficié d'une information privilégiée, puisque je n'avais pas le moindre lien avec la compagnie pétrolière ou toute personne informée de sa situation. La chance ou le flair m'aurait permis de réaliser une plus-value immorale mais pas illégale, voilà tout. En fouillant, elle trouverait toutefois bien plus inquiétant.

Confronté à un tel risque, j'aurais dû fuir l'Amérique mais je m'y refusais ; c'est ici que je m'imaginais te retrouver. L'enquête a dû s'arrêter car je n'en ai plus entendu parler.

Les semaines suivantes, je commençai à désespérer du songe et à me convaincre que jusqu'à la nuit des temps, il me faudrait vivre dans un monde étranger.

Tu ne sais pas tout de notre rencontre, Anna.

Un soir, la pensée que la vie s'était à nouveau jouée de moi triompha. Malgré les siècles et la clairvoyance acquise, je m'étais laissé berner comme un adolescent par une illusion lors d'une nuit fiévreuse. C'était si tristement évident que je m'en trouvais pathétique. Ce soir-là, j'ai saisi le livre d'Henry James avec une colère nourrie par le grotesque de mon romantisme.

J'ai marché, longtemps et vite, dans les rues de New York, traversant Central Park puis empruntant la Cinquième Avenue avant de rejoindre Broadway jusqu'à Seaport et le pont de Brooklyn. J'y parvins au coucher du soleil. Mon humeur était lugubre. J'ai regardé le soleil disparaître depuis la promenade du pont. Les heures s'écoulèrent et je restais seul, observant naître les étoiles et les lumières de la ville. Je retrouvais mon calme. Celui de la défaite. J'ai sorti de ma poche le livre qui s'effritait sous mes doigts, m'apprêtant à m'en séparer.

À ce moment précis, j'ai entendu la respiration d'une jeune femme à une centaine de mètres. Son rythme cardiaque était trop rapide. Elle projetait de se donner au vide. Un instant, j'ai imaginé que le destin m'offrait le spectacle du suicide de l'une de mes victimes.

Je me suis approché. Je n'avais pas tort. J'avais devant moi la première de celles-ci.

Pour la deuxième fois, le livre déposé par une main mystérieuse dans la poche d'un long manteau noir m'a conduit à toi. Une force inconnue nous a unis à Venise. Plus de deux cents ans plus tard, cette force a œuvré pour que nous nous retrouvions, cette nuit-là, sur ce pont.

La suite, tu la connais...

Ce récit est terminé, mon amour. Je te lègue cette histoire. Dans ce bureau, qui s'ouvrira à toi demain, quand je ne serai plus, tu en trouveras de nombreux témoignages. Je mourrai au supplice de ne pouvoir t'aimer mais heureux d'avoir partagé ma vie avec toi, sous forme épistolaire aujourd'hui ; dans mon cœur, depuis des siècles. Tu as pris de nombreux visages au cours du temps et je t'ai retrouvée à Paris, à Constantinople ou dans les forêts d'Ukraine. Tu es ce qui m'a maintenu dans cette humanité qui n'a cessé de me bannir.

Pardonne-moi, je ne te rejoindrai pas. Ce dernier rendez-vous est de trop.

Tu vois, je n'ai d'autre choix que d'éliminer le monstre qui, à chaque instant, menace de t'assassiner une seconde fois. Tu sauras aussi combien je t'ai aimée au cours de mon long périple. Laisse la vérité être ta compagne : aucune échappatoire n'existe. Je suis damné ; exilé dans un monde qui n'est pas le mien. Cette nuit, je cesserai d'être une créature malheureuse. Mais dans dix ou mille ans, nous nous retrouverons, autres, et nous pourrons nous aimer enfin. Ma foi en ce futur reste inébranlable.

Clélia, Anna… Tu as été et tu es tout ce que j'ai connu de l'amour.

6.

Journal d'Anna Brown,
4 décembre 20--, 23 h 30

J'écris ici pour la dernière fois.

Hier soir, je t'ai attendu, Adrian. Je sentais l'orage approcher mais j'étais loin, très loin de la réalité. Comment aurais-je pu imaginer…

J'avais couvert mon corps nu d'une robe blanche et vaporeuse, en coton très fin, presque transparente. J'avais prévu de porter un gilet selon la température de nos échanges. L'heure que je t'avais accordée étant largement expirée, je me suis rendue à ton bureau. J'ai appelé, frappé, puis crié, sans réponse. L'angoisse me serrait la gorge. Aucun son ne répondait.

Je me suis précipitée vers la cuisine et, sans réfléchir, me suis engagée dans le puits emprunté pour découvrir ton bureau, m'écorchant et lacérant ma robe. Je suis parvenue à rejoindre ton antre.

Il n'y avait rien. Tu avais disparu mais j'étais soulagée de ne pas te voir au bout d'une corde. Sur ton bureau, j'aperçus une pile de feuilles sur laquelle était inscrit « Pour Anna ». Je me suis assise.

La première page m'a appris ton âge. Je n'ai pas eu besoin de preuve. Je ne pouvais évidemment pas m'en douter mais ton âge était une évidence. C'était celui de tes yeux et de ton âme. J'ai accueilli cette information comme si je l'avais toujours connue.

La page suivante m'a terrifiée. Tu évoquais la grotte que tu aménageais. J'en ai cherché l'accès, frénétiquement. J'ai inspecté chaque pièce, déplacé les meubles, frappé sur les murs. Je ne trouvai ni porte, ni trappe, ni passage. Tremblante, je me suis replongée dans ton journal, espérant y trouver un indice.

Pendant que tu te suicidais pour que je vive, j'apprenais tout de ton histoire. Je devenais folle et mon cœur battait dans mes tympans. J'étais fascinée par ton récit mais n'y trouvais rien qui puisse orienter mes recherches. Je m'interrompis mille fois. J'étais au supplice. Appeler les secours ? Avant que les sols de cette maison ne soient percés pour en livrer ses secrets, des semaines s'écouleraient. J'ai fouillé des heures, hurlant, pleurant, te suppliant de te manifester, invoquant la force qui nous avait réunis pour qu'un signe me soit adressé mais rien ne vint. Je suis retournée à tes pages ; mon dernier espoir.

Sur les lignes finales de ton journal, des larmes avaient coulé. Les tiennes, Adrian. Moi, je n'en avais plus et ne songeais qu'à te rejoindre. J'ai fini de te lire à l'aube.

Je suis restée assise, incapable de me relever. Je devais te sauver. J'avais traversé le temps pour cela et pourtant, j'échouais. Mon corps était figé par le vide. Mon esprit, lui, s'échappait dans ta dimension et aurait pu ne jamais en revenir. Dans cet univers-là, tes baisers, loin de détruire mon amour, le nourrissaient.

La réponse à l'énigme se trouvait sous mes yeux. Elle m'est apparue en un éclair. Ma conscience regagna mon corps et le gorgea d'énergie. L'ange était la clé. L'archange rouge de ton rêve, mon amour. Celui qui prit l'épée de saint Michel et se dirigeait vers nous. L'épée qui devait transpercer le monstre.

J'ai tenté de déplacer la statue, j'en ai inspecté chaque millimètre… ses ailes se rétractaient. Il pivota, découvrant un escalier de pierre.

*

Dans les entrailles de ta terre, tu avais les bras en croix, attachés par des chaînes à de solides anneaux scellés dans les fondations et conçus pour résister à une force phénoménale. Des bougies brûlaient autour de toi.

Une perfusion d'un anesthésiant mortel irriguait ton bras. La bouteille était vide. Tu t'étais tranché les veines aussi. Avec le poignard du janissaire.

Je me suis agenouillée, face à toi. Ta beauté était hypnotique. Il faisait froid sous la terre.

Je suis arrivée trop tard. Tu étais mort. Ton cœur avait cessé de battre.

J'avais toutes les explications que je cherchais mais tu n'étais plus.

Ne pouvant l'accepter, je t'ai parlé. Tu étais ce que tu disais, j'étais Clélia, nous nous étions déjà aimés.

Je n'ai pas réfléchi. L'instinct ou je ne sais quoi m'a poussée à saisir ton poignet lacéré. Celui de la main que j'avais maltraitée et comme à Venise, je l'ai léché. Partout des taches carmin maculaient les fins voiles blancs de la robe avec laquelle j'avais prévu de te séduire. Je t'ai léché, un poignet après l'autre, en silence et en larmes.

Ce qui advint par la suite relève de la démence.

Je ne sais pas si je peux l'écrire. Je ne sais plus pourquoi j'écris.

J'avais déjà rejoint ton univers, Adrian. Ta terre de malheur et de solitude, celle des brimades de ton enfance, la terre que Lavinia et Cesare t'avaient assignée et où il n'existait aucune parcelle d'amour. Ce pays, où tu as toujours vécu seul, excepté le temps d'une rencontre et d'un baiser, à Venise, avec moi, il y a plus de deux siècles. Le pays où tu attends, depuis lors, que je réapparaisse. J'ai vécu tes aventures et tes plaisirs, tes accès de violence et tes excès de sexe. J'ai parcouru le monde avec toi, des rivages célestes aux abîmes de noirceur. Je n'ignore plus rien de ta folie et de ta poésie. Et je connais maintenant la pureté de ton âme. Elle ne t'a jamais quitté, malgré le temps, les meurtres et les débauches. Ton amour est resté immaculé. Rien ne l'a corrompu. Je ne t'ai jamais tant aimé.

Habité par le récit de ta vie, mon esprit accepta l'inimaginable.

Sur ma langue, j'ai senti une goutte de sang, puis une seconde, puis un filet coulant de ton poignet sur mon sein. Ton cœur recommençait à irriguer ton corps. J'ai cru t'avoir ramené à la vie, comme dans les contes de fées.

Tu as ouvert les yeux.

J'ai crié d'allégresse et mes larmes étaient de joie; j'ai saisi tes mains et les ai embrassées en remerciant le ciel, puis j'ai vu la peur enflammer ton regard. Toi, qui ne craignais rien, tu étais terrifié. J'ai retrouvé le son de ta voix, au-delà de ta mort.

« M'as-tu lu, Anna?

— Oui, oui, mon amour et je sais tout de toi. Je t'ai vu mort et maintenant tu vis et…

— Nous n'avons pas le temps… tu… tu dois me tuer. »

Tu semblais atrocement souffrir. Tes mots étaient entrecoupés de râles. Je restais silencieuse au milieu des ténèbres. Tu m'implorais.

« Je me dévore moi-même. Je me nourris de mon amour pour toi. Ce gisement est tel, qu'il m'a ramené à la vie. Comprends-tu, Anna? Bientôt, ce que j'éprouve pour toi disparaîtra, consumé par mon pouvoir. Je préfère vivre mille morts que de finir ainsi. Je t'en supplie, prends ce poignard et enfonce-le dans mon cœur. Ne perds pas une seconde, tue-moi! vite! Ne laisse pas ce que je ressens pour toi mourir en me nourrissant ! Au nom de notre amour, fais triompher la mort sur la vie. Je pénètre dans l'horreur du vide que mes victimes ont eu à souffrir. Tue-moi ! »

J'étais étrangement calme. J'ai pensé au mystère de ta mémoire prénatale, à Constantinople, dans les geôles du Sultan, puis sur la banquise. Au bord de la mort, tes souvenirs te venaient de ton propre amour. Sans t'en rendre compte, tu t'en nourrissais et les images de ta vie apparaissaient depuis ta conception. À peine ressuscité, tu t'enfonçais dans le néant. Je ne pouvais accepter que tu meures ni que tu cesses de m'aimer.

Tout m'est apparu avec clarté.

Une autre solution existait et j'étais là pour ça.

Je t'ai enjambé et me suis assise sur toi, prenant ton visage entre mes mains. Tes yeux se vidaient. J'ai approché mes lèvres des tiennes, décidée à déclencher la réaction qui détournerait ton pouvoir de toi pour venir puiser en moi. Tu t'es débattu mais je ramenai ton visage vers mes lèvres et me collai contre toi. Tu n'avais plus de force.

« Prends mes lèvres ! Nourris-toi ! Prends ce qui t'appartiens ! Vis ! »

Je mordais tes lèvres, te serrais contre mon corps et, dans l'instant, j'ai senti ton pouvoir s'introduire. Plus que quelques secondes et je saurais ce que tes victimes ressentaient. Je préférais encore mourir que de voir tes yeux ne plus m'aimer. D'une certaine manière, j'avais satisfait mon désir. Tu étais en moi.

J'ai entendu le bruit du métal qui cédait et celui du béton qui explosait. Je ne sais comment tu y es parvenu, quelle volonté surhumaine tu as mobilisée mais l'un de tes bras s'est détaché. Le plus proche du poignard serti de rubis.

Le temps d'ouvrir les yeux et la lame était enfonçée dans ton cœur. Tu me regardais. Ton amour n'avait pas disparu et le mien non plus. Tu as retiré le couteau de ton cœur et ton sang jaillissait sur mes voiles. Il ne devait pas en rester une goutte dans tes veines.

Notre premier baiser, il y a plus de deux siècles, avait causé ma mort, le dernier engendra la tienne. Dans ton regard, j'ai vu ton soulagement se noyer dans le désespoir.

Le pouvoir d'Adrian von Gott avait disparu, emportant son hôte avec lui.

Il y a peu, nous avons évoqué nos poèmes préférés. J'ai choisi Shelley :

Plus jamais la vie ne séparera ce que la mort peut unir.

Combien de siècles faudra-t-il attendre pour que nous nous retrouvions, que ma main saisisse la tienne et que nos lèvres puissent s'unir sans nous tuer ?

Je te rejoins, mon amour.

ÉPILOGUE

Journal d'Adèle Gladstone,
New York, 8 décembre 20--

Il y a quelques mois, lors d'un gala de charité, j'ai séduit un homme étrange. Il s'appelait Adrian. Notre relation n'a pas duré. Je ne sais rien de lui si ce n'est qu'il était fascinant. À ses côtés, mes désirs ne connaissaient plus d'entrave. Un matin, je me suis éveillée dans un lit ensanglanté. Le sang était sien. J'ai fui et ne l'ai jamais revu mais je ne suis plus la même depuis cette rencontre. Mes cicatrices ont disparu, mes sens se sont aiguisés, ma silhouette s'est affinée. Je n'ai jamais été aussi belle. Après nos derniers ébats, j'ai été saisie d'un mal inconnu. Un sentiment de manque atroce. Je me suis jetée dans les bras du premier venu, puis dans le lit d'un second. Je m'abandonnais à tous et toutes mais cela ne suffisait pas. Le lendemain, je me découvris des facultés surnaturelles lorsque, l'esprit distrait par mon changement, je me brûlai affreusement. Chair à vif. Une heure plus tard, il n'y paraissait plus.

Je pourrais en être heureuse si mes amants ne se suicidaient pas ou ne devenaient fous. Trois enterrements en quelques semaines. J'ai commis l'erreur de m'y rendre, oubliant qu'aucun événement n'échappait plus au narcissisme ambiant. Certains dressent la liste des personnes présentes comme s'il s'agissait d'un bottin mondain. Je crains que ma présence n'apparaisse suspecte en un temps si court. Aurais-je vendu mon âme au diable sans m'en souvenir ? Je ne peux croire que ces événements soient sans liens.

J'ai conscience de ma différence. Comment pourrait-il en être autrement ? L'histoire de ma famille ne pouvait produire qu'une singularité. Je m'en suis accommodée, trouvant un équilibre entre mes déséquilibres mais là, il s'agit d'autre chose.

Je vis dans l'effroi alors que je ne me suis jamais sentie aussi bien. Je veux comprendre.

J'ai effectué des recherches sur cet homme-mystère mais je n'ai rien trouvé excepté le lieu où il demeure. Je doute qu'il me livre une explication, d'autant moins s'il m'a transmis une sorte de virus ou de maladie. Je me rendrai chez lui en son absence. Fracturer une porte n'est plus un problème. Je fouillerai et trouverai. Un ordinateur, des lettres... Je saurai qui il est et ce qu'il m'a fait.

Ensuite, je lui dirai que je porte son enfant, moi qui ne pouvais en avoir.

Notre dernière nuit m'obsède mais ce n'est pas désagréable. Le sang de ses blessures maculait nos draps, jusqu'à mes lèvres. C'est étrange mais j'en ai encore le goût. Ou plutôt non… Il m'en est resté une image : au milieu d'une foule, un adolescent tient la main d'une jeune fille famélique. Tous deux semblent perdus et amoureux. Ils sont face au Grand Canal, à Venise, il y a très longtemps.

Cet ouvrage a été imprimé
par CPI Bussière
pour le compte des éditions Grasset
à Saint-Amand-Montrond (Cher)
en février 2021

Mise en pages Maury-Imprimeur

N° d'édition : 21940 – N° d'impression : 2056489
Dépôt légal : février 2021
Nouveau tirage dépôt légal : février 2021